P9-DLZ-827

CITAS CELESTIALES

Alexander McCall Smith

Citas celestiales

y otros flirteos

Traducción de
Marta Torent López de Lamadrid

Argentina • Chile • Colombia • España
Estados Unidos • México • Uruguay • Venezuela

Título original: *Heavenly Date and Other Flirtations*
Editor original: Canongate Books, Edimburgo
Traducción: Marta Torent López de Lamadrid

Aribau, 142, pral. - 08036 Barcelona
www.umbrieleditores.com

ISBN: 84-89367-15-9
Depósito legal: B-43.427-2006

Fotocomposición: Zero preimpresión, S.L.
Impreso por Romanyà Valls, S. A. - Verdaguer, 1 - 08760 Capellades (Barcelona)

Impreso en España - *Printed in Spain*

Índice

Una cita maravillosa

El dormitorio de *Herr* Brugli estaba en la parte delantera de su mansión y tenía vistas al lago de Zúrich. A primera hora de la mañana solía ponerse en bata frente a la ventana mientras tomaba a sorbos una taza de café suave y su criado le preparaba el baño. El criado, Markus, era polaco y llevaba quince años con *Herr* Brugli. Sabía la temperatura exacta a la que *Herr* Brugli prefería el agua de la bañera; la mezcla precisa de cafés que a su jefe le gustaba por las mañanas y el lugar de la mesa del desayuno donde *Herr* Brugli esperaba encontrar el ejemplar de *Die Neue Züricher Zeitung*. Markus lo sabía todo.

Y sabía, también, que a *Herr* Brugli le gustaba madame Verloren van Thermaat, una dama belga que vivía a tres kilómetros de distancia, igual que él a la orilla del lago y en una mansión. Verloren van Thermaat. «¡Qué nombre más ridículo! —pensó—. Madame Tomate Perdido, ¡así es como yo la llamo!»

—¿Debería casarme con madame Thermaat? —le preguntó un día *Herr* Brugli cuando le trajo la bandeja matutina—. ¿Tú qué opinas, Markus? A estas alturas me conoces bastante bien. ¿Qué te parece? ¿Debería un viudo como yo casarse con una viuda como madame Thermaat? ¿Crees que eso es lo que espera la gente de nosotros?

Markus dejó la bandeja en la mesilla de noche, en el sitio exacto donde a *Herr* Brugli le gustaba que la dejara. Después atravesó la habitación para descorrer las cortinas con la mirada en todo momento clavada en el rostro de su jefe, reflejado en el espejo del armario ropero. Markus tuvo que reconocer que estaba asustado. El trabajo que tenía era de su agrado. Había muy poco que hacer; *Herr* Brugli le pagaba generosamente y nunca, jamás, contaba las botellas de la bodega. Su mujer y él vivían en una casita que había en la misma finca, a pocos metros del embarcadero privado. Tenían una barca en la que les gustaba navegar en verano. Tal vez madame Thermaat cambiara todo eso. Ella tenía su propio servicio doméstico. Quizá los echara.

—La verdad, no lo sé, señor —dijo, y añadió—: Aunque el matrimonio no es siempre de color de rosa; hay gente que es más feliz estando sola.

Vio la sonrisa de *Herr* Brugli.

—Sea como sea, a lo mejor me estoy precipitando un poco. Madame Thermaat es una mujer independiente y actualmente su vida es muy satisfactoria.

Ahora *Herr* Brugli estaba de pie frente al espejo de su vestidor ajustándose la corbata. Se había puesto su traje más cómodo, confeccionado, como todos sus trajes, en Londres. Cada año viajaba allí para hacerse la ropa y encargaba bastantes trajes, y pares de zapatos hechos a mano. Nadie hacía la ropa como los ingleses, pensó, lo que resultaba bastante sorprendente, teniendo en cuenta lo zarrapastrosa que iba esa gente en general —jóvenes con tejanos azules con rotos en las rodillas; hombres con lustrosas y deformes chaquetas; mujeres con pantalones poco favorecedores y todos, al parecer, ¡con zapatillas de deporte!—. Y, sin embargo, confeccionaban para otras personas esas maravillosas prendas de *tweed*, pana, moer, telas de cuadros.

Este traje era justo adecuado para la ocasión. Era de *tweed* grueso marrón con chaleco cruzado y le abrigaría, si el día se volvía desapacible, aunque eso parecía improbable, dijo para sí; el cielo estaba bastante despejado y la primavera apuntaba por todas partes. Sería un día perfecto.

Desayunó despacio, leyendo detenidamente las columnas del periódico, fijándose en las necrológicas —«hoy no hay nadie, gracias a Dios»—, tras lo cual se centró en la información bursátil. Ahí las noticias también eran satisfactorias. Todos los valores habían subido con respecto al día anterior, como debía ser.

Dejó el periódico a un lado, se limpió la boca con la servilleta almidonada que Markus, pacientemente, le había enseñado a planchar a la asistenta italiana justo de la forma correcta, y luego se levantó de la mesa. Tendría que esperar un poco antes de que el coche estuviera en la puerta y pudiera marcharse. Durante unos instantes no supo qué hacer. Podía escribir una carta o tal vez leer. Iba por la mitad de *La montaña mágica*, pero por alguna razón no acababa de gustarle. La literatura alemana le resultaba deprimente; tan densa y llena de miserias. «¡Qué actitud tan sombría la de nuestros vecinos del norte!» La mayoría eran horripilantes y enormemente avaros. «Aunque supongo que consumirán nuestros chocolates.»

Fue hasta su escritorio y extrajo su recado de escribir. Tenía que escribirle una carta a su prima de Buenos Aires. Ella le escribía una vez al mes y él siempre le contestaba a los tres días de recibir la carta. Naturalmente, su prima no tenía nada que hacer, cosa que se reflejaba en sus cartas; en cambio, él se ocupaba de los asuntos familiares y, desde que se había quedado solo, la carga de la correspondencia había recaído en él.

«Querida Hetta:

»Hoy hace un día magnífico, realmente perfecto. El lago está en calma y no sopla viento. Sin embargo, la primavera está aquí, lo presiento, ya casi ha llegado, y muy pronto el jardín volverá a florecer. ¡Qué lástima! Porque tú entrarás en el otoño, y luego en el invierno, pero pensaré en ti cuando esté sentado en el jardín.»

Hizo una pausa. Su prima sabía de madame Thermaat, por supuesto, pero no quería darle a entender que había entre ellos ningún tipo de compenetración que todavía no existía. En ese caso, tal vez bastaría con una alusión:

«Hoy acompañaré a madame Thermaat (de la que, naturalmente, ya te he hablado) a Zúrich. Como hace un día precioso, daremos un corto paseo por el río y luego yo tengo que hacer un par de gestiones antes de volver». Se preguntó si debía decir algo más, pero decidió que esto era suficiente. «Que especulen en Buenos Aires, si quieren», se dijo.

Markus entró para anunciarle que el coche estaba listo fuera. *Herr* Brugli se levantó de la silla y fue hasta el recibidor. Allí había otro espejo y miró ansioso su reflejo. Debía ajustarse la corbata, pero estaba seguro de que había acertado con el traje; era exactamente lo que el día requería.

—Adiós, Markus —se despidió—. Volveré a la hora habitual.

Markus le abrió la puerta y el chófer, al verle aparecer, puso el coche en marcha. Salieron a la carretera, mezclándose en el tráfico, y bordearon el lago en dirección norte para ir a recoger a madame Thermaat.

—¡Mi querida madame Thermaat!

—¡Querido *Herr* Brugli!

Se sonrieron el uno al otro.

—¿Quiere cubrirse las piernas con la manta? El aire es todavía un poco fresco, ¿no le parece?

Ella sacudió la cabeza.

—Estoy perfectamente —dijo—. Nunca tengo frío.

—¡Que suerte! —exclamó él—. Porque yo tengo frío hasta en verano.

—Sangre licuada; debe de tener la sangre licuada.

Él se rió:

—Intentaré espesarla. ¿Qué me recomienda que haga? ¿Las revistas ésas de salud que lee dicen qué hay que hacer?

—¡Comer chocolate, *Herr* Brugli! ¡Mucho chocolate!

Herr Brugli sacudió el dedo en señal de burlona desaprobación. Ya iban derechos a Zúrich, y el potente gran coche adelantó como una bala a otros vehículos más lentos. Le preguntó a madame Thermaat lo que había estado haciendo y ella le describió su semana. Había sido exasperante, le dijo: había asistido a dos juntas populares, y en ninguna se había acordado nada, lo que era preocupante. Y luego había tenido partidas de bridge tres noches —*tres*—, por lo que apenas le había quedado tiempo para sí misma.

Herr Brugli asintió comprensivo. Él también tenía semanas como ésa.

—Y usted además tiene sus fábricas —comentó ella—. Tiene que estar pendiente de ellas.

—Hasta cierto punto —convino él—; pero cuento con mis gerentes. ¡Gracias a Dios!

El coche torció por el puente de la catedral y se adentró en el corazón de la ciudad. Al final de Bahnhoff Strasse se detuvo en el lateral y ambos se apearon del vehículo. *Herr* Brugli bajó primero y sostuvo la puerta abierta para su acompañante.

—Gracias, querido *Herr* Brugli —dijo ella—. Bueno, ¿por dónde empezamos?

Él sacudió el dedo de nuevo.

—Lo sabe perfectamente —la regañó—. ¡Por Sprungli's, como siempre!

Cruzaron la calle y anduvieron unos cuantos metros hasta llegar a una gran puerta de cristal en la que, con recargada caligrafía dorada, aparecía grabado el nombre Sprungli's. Pasaron por delante de un hombre sentado en un banco que clavó la mirada en ellos mientras pasaban. Musitó algo y alargó una mano, pero ninguno de los dos oyó ni vio nada.

Los mostradores de Sprungli's estaban repletos de fila tras fila de chocolate. *Herr* Brugli se detuvo delante de una bandeja de chocolate belga, que examinó atentamente. A ella le llamó la atención un pastel coronado por un pequeño cisne de merengue.

—¡Una escultura formidable! —exclamó—. ¡Sería una lástima comerse una obra de arte tan pequeña y exquisita!

—La encuentro un poco exagerada —apuntó él—. Yo prefiero algo más simple.

—Tal vez sí, *Herr* Brugli —concedió ella—. La simplicidad es, sin duda, un ideal de vida.

Subieron al piso de arriba, donde la camarera los reconoció y los condujo de inmediato a una mesa que había en la esquina. Se mostró especialmente atenta con *Herr* Brugli, que la llamó Maria y le preguntó por su madre.

—¡Ah! —contestó la camarera—. Aún disfruta con todo lo que hace. Cuando el tiempo mejore un poco irá a Rapperswill en el barco de vapor para visitar a su hermana.

—¡Espléndido! —exclamó *Herr* Brugli y volviéndose a madame Thermaat, añadió—: ¡Tiene ochenta y un años, casi ochenta y dos! Es un buen ejemplo de la vida sana, ¿no es así, Maria?

—Y del consumo de aguardiente —puntualizó la camarera—. Se bebe dos vasos al día. Uno antes del desayuno y otro antes de irse a la cama.

—¡Ahí tiene! —repuso *Herr* Brugli—. ¿Lo ve?

Echaron un vistazo al menú, lo que fue del todo innecesario, ya que *Herr* Brugli nunca pedía nada nuevo y esperaba que madame Thermaat hiciera lo propio.

—Creo que tomaremos lo de siempre —le dijo a la camarera.

Al cabo de unos minutos les trajo los cafés, servidos en vasos altos y con crema flotando en la parte superior. Después llegó un plato con pasteles, del que cada uno escogió dos. Maria volvió a llenarles los vasos y se llevó los trozos de pastel que habían dejado.

—Lléveselos a su madre —ordenó *Herr* Brugli—. Cóbrenoslos a nosotros.

Maria sonrió.

—Le encantan los pasteles —comentó ella—. ¡Son su perdición!

Había poca gente distinguida en Sprungli's. Varias mesas estaban ocupadas por turistas —un grupo de italianos y otra mesa con norteamericanos serios e intimidados—. La mirada de *Herr* Brugli se detuvo poco tiempo en esas mesas.

—Esta mañana no ha venido nadie —empezó a decir—. No hay ni un alma...

Hizo un alto. Sí, sí que había alguien, y se inclinó en la mesa para hablarle al oído a madame Thermaat.

—¿Puede creerlo? —preguntó con voz apenas audible—. Ahí tiene a esa tal señora Zolger con su joven amigo. A plena luz del día...

Madame Thermaat siguió su mirada.

—¡Y comiendo pasteles! —exclamó ella—. ¡Mire, si le está dando de comer con los dedos!

Herr Brugli entornó los párpados.

—¡Pero si podría ser su hijo! —musitó él—. ¡Mire eso! ¡Fíjese en cómo lo mira!

—No tiene ojos más que para él —apuntó madame Thermaat—. Le está devorando en público.

Desviaron la vista, excitados por su descubrimiento. Era maravilloso ver algo tan sorprendente como eso; le añadía interés al día ver a una matrona de Zúrich ya entrada en años —casada con un prominente banquero— con su joven amante en público, ¡en una chocolatería! Realmente habían tenido una gran suerte y los dos se animaron inmensamente.

Se levantaron de la mesa. *Herr* Brugli le dejó, como siempre, cincuenta francos a Maria escondidos debajo de un plato. A continuación, sin mirar hacia la mesa de la señora Zolger, se fueron de Sprungli's y salieron a la calle. Ahora hacía incluso más calor y la ciudad estaba bañada por una clara luz solar primaveral; en algún lugar, al otro lado del río, sonó un reloj.

Ahora le había llegado el turno a la galería; de manera que volvieron a cruzar el río, bordearon las tienduchas que desprestigiaban el pasaje y empezaron a ascender por una de las estrechas calles que serpenteaba colina arriba hasta la iglesia de San Juan. Madame Thermaat andaba al lado de *Herr* Brugli, en el lado interior de la acera, y cuando tuvieron que salvar una esquina dificultosa ella le agarró del brazo —lo que a él le gustó—, pero lo soltó en cuanto el peligro hubo pasado.

La Galería Fischer era discreta. Tenía un pequeño escaparate que solía contener algún objeto de la colección privada de *Herr* Fischer, que nada tenía que ver con lo que había en el interior. La puerta estaba siempre cerrada, pero había un pequeño timbre en el que simplemente ponía «Fischer» y, si se apretaba, aparecía un hombre bajo y grueso que llevaba gafas redondas con montura de latón.

—¡Vaya, *Herr* Brugli... y madame Verloren van... van...

—Thermaat —dijo *Herr* Brugli—. *Herr* Fischer, está usted bien, espero.

—En este momento toda Suiza está constipada —comentó *Herr* Fischer—. Pero yo no, por suerte.

—En esta época hay muchos gérmenes infecciosos por ahí —intervino madame Thermaat—. Es imposible escapar a ellos, están por todas partes.

Herr Fischer asintió sensatamente.

—Yo tengo mucha fe en la vitamina C —confesó—. Tomo vitamina C cada día sin falta.

Lo siguieron hasta una pequeña habitación que había pasada la galería. Una mujer joven enfundada en un elegante traje de chaqueta y pantalón negros salió de un despacho, les dio la mano con solemnidad y después se acercó a una vitrina que había en una esquina del despacho.

—Aquí lo tiene, pues —anunció *Herr* Fischer—. Espero que sea lo que usted quería.

Le dio la figurilla a *Herr* Brugli, que la cogió con las dos manos y la sostuvo frente a él. Durante unos instantes reinó el silencio. *Herr* Brugli movió la figurilla hacia delante y hacia atrás, lo mejor para examinarla bajo la luz.

—Sí —confirmó—, es absolutamente perfecta.

Herr Fischer mostró su alivio.

—Quedan muy pocas ya —apuntó—. Al menos en este estado.

Herr Brugli le pasó la pequeña figura de porcelana a madame Thermaat, quien la cogió con cuidado y la examinó atentamente.

—¡Qué preciosidad de colores! —exclamó—. Parecen tan reales.

Se la devolvió a *Herr* Fischer, que miró expectante a *Herr* Brugli.

—Me la quedo —anunció—. ¿Podría decirle a su empleado...?

—Se la enviaremos encantados —se apresuró a decirle *Herr* Fischer.

Madame Thermaat se había ido al otro extremo de la habitación y estaba mirando una estatuilla de bronce que había sobre una mesa.

—¿Tiene algo, algún bibelot, que pudiera ser del agrado de madame Thermaat? —le preguntó *Herr* Brugli a *Herr* Fischer—. Algún pequeño obsequio...

Herr Fischer parecía pensativo.

—Sí, tengo una cosa —respondió—. Un pequeño huevo, es como los de Fabergé, pero no es suyo; aun así es exquisito.

Herr Brugli sonrió.

—Le gustará —y a continuación susurró—: ¿Cuánto cuesta?

Herr Fischer habló en voz baja. No le gustaba hablar de dinero, ni siquiera con alguien como *Herr* Brugli.

—Ocho mil francos —contestó—. Una absoluta ganga. Si fuese del propio Fabergé, bueno, entonces...

Herr Brugli no dudó en ahorrarle el bochorno al propietario.

—Es perfectamente razonable —declaró—. ¿Podríamos ver si le gusta?

—Déjelo en mis manos —sugirió *Herr* Fischer—. Ahora mismo voy a buscarlo.

Era un huevo diminuto labrado de plata y revestido con oro e incrustaciones. El interior de la parte superior, que podía abrirse, estaba forrado de nácar y el interior restante estaba recubierto con azabache.

—Me imagino que lo deben de haber utilizado de pastillero —explicó *Herr* Fischer—. Me parece que es de manufacturación francesa.

Madame Thermaat tomó el diminuto huevo y lo escudriñó intensamente.

—Es una delicia —dijo—. ¡Qué sencillez! Me lo llevaré.

Herr Fischer se quedó unos momentos perplejo. Miró a *Herr* Brugli, quien movió una mano en dirección al huevo.

—Me gustaría regalárselo a madame Thermaat —se ofreció—. Póngalo en mi cuenta.

—¡Pero si iba a comprármelo yo! —protestó ella—. Es usted demasiado amable conmigo.

—Ya tenía pensado hacerle un pequeño regalo —dijo *Herr* Brugli—. No tiene por qué pagarlo usted.

Herr Fischer ignoró las objeciones de madame Thermaat y le quitó el huevo de las manos.

—Lo envolveré en papel de oro —sugirió—. Así después podrá presionarlo sobre cualquier objeto especial y dorarlo.

Madame Thermaat posó su mirada en un pequeño cuadro que había en una de las paredes. Se veía una figura con una aureola que la circundaba, suspendida a varios palmos del suelo y rodeada de admirados espectadores y de unos cuantos animales sorprendidos.

—¡Resulta de lo más intrigante! —le comentó a *Herr* Fischer—. ¿Quién es?

Él descolgó el cuadro.

—Joseph de Copertino. Un personaje de renombre. Levitó en más de setenta ocasiones y flotaba a considerable distancia de la gente. Supongo que por eso es el patrón de los que surcan los cielos.

—Es un cuadro encantador —afirmó.

—Es de últimos del siglo diecisiete, es florentino —explicó en voz aún más baja—. Una pieza de extraordinario valor por diecinueve mil francos.

—¿Cree que a *Herr* Brugli le gustaría? —preguntó madame Thermaat.

—Creo que le encantaría —musitó *Herr* Fischer—. Entre nosotros, me parece que tiene cierto miedo de viajar en avión. Sin duda alguna, este cuadro hará que se sienta más seguro.

Madame Thermaat ladeó levemente la cabeza.

—¿Le importaría enviarme la factura? —le pidió madame Verloren van Thermaat a *Herr* Fischer.

—¡No faltaba más! —contestó el hombre—. ¿Y qué me dice de *Herr* Brugli? ¿Tiene que saber lo del cuadro?

Madame Thermaat cogió el cuadro, que sostenía *Herr* Fischer, y se lo dio a *Herr* Brugli.

—Tenga, es un pequeño obsequio —anunció—. Para agradecerle toda su amabilidad.

Abandonaron la tienda de *Herr* Fischer, cada uno llevando el regalo que el otro le había comprado. Ahora, aunque el sol seguía brillando con intensidad, había refrescado ligeramente y *Herr* Brugli se levantó el cuello del abrigo. Madame Thermaat volvió a agarrarse de su brazo y juntos descendieron las estrechas calles de regreso hacia el río.

Pasaron por delante de un café, popular entre los estudiantes, y el olor a café recién molido llegó hasta ellos.

—No me vendría mal un café —declaró *Herr* Brugli—. ¿Y a usted? ¿Le vendría bien uno?

A madame Thermaat le venía bien, de modo que entraron en el café, sintiéndose ambos un tanto excitados porque tenían en perspectiva un lugar nuevo con gente desconocida y joven. Durante los últimos años Zúrich había cambiado y nunca se sabía a ciencia cierta con quién podía uno toparse. Ahora algunas zonas eran bohemias; y otras, incluso peligrosas. Había extranjeros —europeos del Este y gente de otros países—; «Qué exótico», dijo para sus adentros *Herr* Brugli.

Encontraron una pequeña mesa cerca de la barra y se acercó una camarera a servirles. Iba con medias de malla y su aspecto era un tanto desaliñado. Llevaba un perfume barato que a madame Thermaat le hizo fruncir la nariz.

Herr Brugli sonrió con complicidad.

—Esto es bastante diferente, ¿verdad?

Madame Thermaat miró a su alrededor.

—¿Qué hacen estos chicos? —le preguntó a *Herr* Brugli en voz baja—. ¿Cree que realmente estudian?

Él se encogió de hombros.

—Quizá sí —respondió—. Quizás estudien por las noches.

Llegaron los cafés. Estaban muy calientes y muy cargados.

—¡Qué apetecible! —exclamó *Herr* Brugli—. Sea en el ambiente que sea.

Miró su reloj y vio que era casi la hora de comer. Durante unos instantes dio la impresión de que estaba pensativo; después llamó a la camarera y le habló al oído. Ella musitó algo y al cabo de un rato volvió con una botella de champán, que *Herr* Brugli examinó. Entonces él asintió y le dijo algo más a la camarera. Ésta pareció sorprendida, pero enseguida sonrió y desapareció detrás de la barra.

—¡Usted trama algo, *Herr* Brugli! —le regañó madame Thermaat—. ¡Está planeando alguna trastada!

Pasados unos minutos la camarera reapareció acompañada por un hombre con delantal, que llevaba dos botellas mágnum de champán. Dejó las botellas sobre la barra y a continuación, para el asombro de madame Thermaat, palmeó ruidosamente. La conversación fue decayendo. La gente alzó la vista de las mesas; una mujer soltó su cigarrillo; un joven, que estaba levantándose de su silla, se sentó de nuevo.

—Damas y caballeros —se dirigió el hombre a la gente—, tengo el placer de anunciarles que todas las mesas, si lo desean, podrán tener una mágnum de champán por cortesía de uno de nuestros distinguidos clientes. —Hizo un alto y alargó un brazo para presentar a *Herr* Brugli.

Uno de los estudiantes se echó a reír.

—¡Bien por el distinguido cliente! ¿Dónde está el champán?

La camarera descorchó la primera botella y la llevó a una mesa. Luego los demás chicos recibieron sus botellas y el champán fue escanciado.

—¡*Herr* Brugli! —exclamó madame Thermaat—. ¡Qué gesto tan generoso! Creo que los universitarios lo aprueban.

Lo aprobaron. Las copas se alzaron desde todos los puntos del restaurante, y *Herr* Brugli y madame Thermaat agradecieron los brindis. El propio *Herr* Brugli tomó dos copas grandes de champán y de inmediato se sintió animado por el espumoso vino.

—¡Hoy está siendo un día realmente magnífico! —comentó efusivamente—. ¡El tiempo es maravilloso, la compañía es maravillosa...!

Madame Thermaat sonrió con recato, acercándose la copa a los labios. Fue más moderada en el consumo de champán, no obstante lo disfrutó. Los estudiantes, naturalmente, bebieron rápido. Las primeras mágnum pronto se agotaron, pero un gesto de *Herr* Brugli a la camarera generó más. El hombre del delantal parecía indeciso, pero recibió dinero y se alejó sonriendo.

Con las copas rellenadas, la conversación de los universitarios se animó. En una mesa se reían ruidosamente; en otra se mantenía un serio debate; y aun en otra, un chico se puso a cantar un fragmento de una canción.

Un par de jóvenes se levantaron ahora de sus sillas y fueron hasta la mesa de madame Thermaat y *Herr* Brugli. Eran un chico y una chica —debían de tener alrededor de veinte años— e iban vestidos con el uniforme de los estudiantes, tejanos y chaquetas negras.

—¿Podemos hacerles compañía? Han sido ustedes muy amables invitándonos a todos a champán.

Herr Brugli se puso de pie y retiró una silla de la mesa para la chica.

—¡Por supuesto! —exclamó *Herr* Brugli—. Ha sido un gran placer verlos a todos disfrutando tanto. Ha sido como en *El príncipe estudiante...*

Los universitarios estaban desconcertados.

—Seguro que recordaréis la película —intervino madame Thermaat—. Mario Lanza salía de príncipe. También iba a la universidad...

La chica sacudió la cabeza en señal de negación.

—¿Es una película antigua? —inquirió.

Madame Thermaat se rió.

—¡Dios santo! —exclamó—. Supongo que nos olvidamos de lo mayores que somos. Sí, me imagino que es una película antigua.

—La semana pasada hubo un festival de películas históricas y vimos *Casablanca* —explicó el chico—. La encontré sensacional.

Herr Brugli lanzó una mirada a madame Thermaat.

—Sí, es una película realmente genial —convino—. Probablemente sea la mejor película que se haya hecho nunca. Yo la vi al poco tiempo de que la filmaran. —Y añadió—: Aunque por aquel entonces era jovencísimo, en realidad, no era más que un niño.

Hubo un breve silencio. *Herr* Brugli cogió la botella de champán y llenó hasta arriba las copas de la pareja.

—Habladnos de vosotros —les pidió—. Contadnos qué estudiáis, dónde vivís, a qué profesores merece la pena escuchar y a cuáles no.

Abandonaron juntos el café. El chico cogió a madame Thermaat del brazo, algo que ella, después de cuatro copas de champán, agradeció, y *Herr* Brugli hizo lo propio con la chica.

—Nuestra casa está a sólo un par de minutos de aquí —apuntó el chico—, aunque me temo que no es nada del otro mundo.

—Pero ¿qué necesita uno en esta vida? —preguntó *Herr* Brugli—. ¿Una copa de vino, un libro? ¿No es esto lo que dice Omar Kayam?

—Sí —afirmó el chico, dudoso—, supongo que sí...

Pasaron de largo una librería y luego continuaron por una estrecha callejuela que, de nuevo, los condujo colina arriba. Después torcieron por un callejón que tenía varias bicicletas apoyadas en las paredes, en cuya superficie había grafitis pintarrajeados. En el aire flotaba un olor desagradable, debía de ser por los gatos, pensó *Herr* Brugli.

—Ya hemos llegado —anunció la chica—. Esta puerta de la derecha.

Entraron; había un angosto vestíbulo y una serie de estrechos escalones de piedra que el chico subió dando saltos. Desde el rellano de arriba los llamó:

—¡La puerta está abierta! ¡Suban!

Madame Thermaat fue la primera en entrar, seguida de la chica. Luego entró *Herr* Brugli, que se agachó para pasar por debajo del dintel de la puerta, sujetando su sombrero de fieltro con una mano y el regalo con la otra.

Había sólo dos habitaciones. Una era un salón, impecablemente cuidado pero escasamente amueblado. En el suelo había unos cuantos cojines grandes y un sofá cubierto con una manta de tartán. En la pared había pósteres —un retrato de la cabeza de un hombre, un póster de Grecia y un horario de los ferrocarriles italianos—. Había libros apilados en una estrecha estantería y otros tantos amontonados en el mismo suelo.

La puerta de la otra habitación estaba abierta y pudieron ver un gran colchón en el suelo. Junto a él, un jarrón con flores secas y más libros. *Herr* Brugli levantó la mirada asombrado, sintiéndose culpable.

—Bueno, pues así es como vivimos —dijo el chico—. Ésta es nuestra casa.

—Es encantadora —comentó madame Thermaat—. ¡Pero mire, si desde aquí se ve la catedral!

Herr Brugli se reunió con ella en la ventana y contemplaron los tejados de la ciudad, que se extendían debajo de ellos en dirección al río. No estaban acostumbrados a esa vista panorámica de la ciudad; podría incluso haberse tratado de otra ciudad.

—Me encantaría vivir en un sitio como éste —confesó *Herr* Brugli en voz baja—. Lejos de todo. Solo. Imagínese.

Madame Thermaat cerró los ojos.

—No tendríamos que preocuparnos de nada —musitó—. No tendríamos problemas con el servicio ni partidas de bridge, ni teléfono.

—Sería una bendición —añadió *Herr* Brugli—. Una gloria.

La chica había puesto música —era jazz, un saxofonista— mientras el chico molía café.

—¡Escuche! —exclamó *Herr* Brugli levantando un dedo en el aire—. La reconoce, ¿verdad? *¡As time goes by! ¡Casablanca!*

Se volvió a madame Thermaat.

—Deberíamos bailar —declaró—. ¿Le gustaría bailar conmigo?

—Me encantaría —respondió ella.

El chico dejó las tazas de café en una mesa de poca altura. Después se acercó a la chica y la cogió de la mano. También bailaron, al lado de *Herr* Brugli y madame Thermaat. *As time goes by* se acabó y ahora sonaba *Afternoon in Paris*; sólo *Herr* Brugli conocía esa canción, pero todos volvieron a bailar. Luego el chico bailó con madame Thermaat y *Herr* Brugli con la chica.

A continuación el chico abrió una botella de vino —un barato vino suizo del norte del lago—, pero *Herr* Brugli dijo que era el más delicioso que había tomado en muchos años. Madame Thermaat se mostró de acuerdo y bebió dos copas.

De repente *Herr* Brugli consultó su reloj.

—¡Pero mire qué hora es! —se alarmó—. ¡Son casi las cinco!

—Debemos irnos —dijo madame Thermaat—. Tengo muchas cosas que hacer.

—Yo también —afirmó *Herr* Brugli.

El chico dijo que lamentaba que se marcharan, que podrían haber cenado en el piso.

—Tal vez otro día —sugirió *Herr* Brugli—. Y tal vez en otra ocasión podríais venir a cenar a nuestras casas.

—Eso sería estupendo —se alegró la chica.

Herr Brugli miró a la chica. Era encantadora; amable, cariñosa, maravillosa —sencillamente maravillosa—. Y el chico también era tan atento; la verdad era que no había cambiado nada en Suiza, nada. Se inclinó para hablarle al oído a madame Thermaat. Ella escuchó seriamente y luego asintió con entusiasmo.

—Os estamos tan agradecidos por vuestra amabilidad —les dijo *Herr* Brugli—. Por habernos invitado a vuestra casa y haber organizado este improvisado pequeño baile; por todo. Tenemos unos regalos para vosotros y queremos que los aceptéis.

Le dio el cuadro al chico y madame Thermaat depositó el precioso huevo, envuelto en pan de oro, en las manos de la chica.

El chico pareció abrumado al desenvolver el cuadro. Permaneció callado mientras examinaba la pintura, que sostenía con suavidad.

—Es una maravilla —comentó al fin—. Es tan realista que parece que sea el original.

Herr Brugli se rió.

—Es que es el original —apuntó—; es florentino.

—Y el huevo es francés, no ruso —intervino madame Thermaat—. Lamentablemente, no es de Fabergé, pero sí de uno de sus discípulos.

La chica miró sin decir palabra al chico, que arqueó las cejas.

—Estos regalos son demasiado generosos... —objetó—. Son muy amables, pero no podemos... no podemos aceptarlos.

—¡Claro que podéis! —repuso *Herr* Brugli—. Nos ofenderíais si no lo hicierais. ¿No es así, madame Thermaat?

—Sí, así es —contestó ella.

Se despidieron al llegar al final de la callejuela. El chico y la chica siguieron ahí durante algunos minutos, él rodeándole la cintura con el brazo, y al pie de la colina *Herr* Brugli se volvió para decirles adiós con la mano. Entonces se detuvo un taxi y *Herr* Brugli abrió la puerta para que entrara madame Thermaat.

Le indicó la dirección al taxista y se dirigieron hacia la carretera que bordeaba el lago.

—Ha sido un día maravilloso —suspiró *Herr* Brugli—. Hemos hecho muchas cosas.

—Nuestros días en Zúrich siempre son maravillosos —puntualizó madame Thermaat.

—Hasta el próximo miércoles entonces —concluyó *Herr* Brugli—. ¿Querrá que salgamos otra vez?

—Sí —respondió madame Thermaat—, me parece muy bien. Y a lo mejor volverá a hacer buen tiempo.

El taxi siguió avanzando. Los dos permanecieron sentados en silencio, cada uno pensando por separado en lo satisfactorio que había sido el día. Pasaron de largo pisos, aparcamientos y parques. Ahora estaban atravesando una zona industrial, y había fábricas. Una de ellas destacaba —tenía un enorme letrero azul con luces de neón, iluminado en contraste con la oscuridad del cielo—, Brugli's Chocolate. Pero

Herr Brugli no la vio, ya que tenía los ojos cerrados por puro placer y por el cansancio que provoca un día ocupado. Madame Thermaat estaba contemplando el lago. Esa noche, como siempre, jugaría al bridge con sus amigas. La última vez no había tenido buenas cartas, pero estaba del todo segura de que esta noche serían decididamente mejores.

Cita con una ninfa

Lo trataban bien, como había observado que hacían siempre en los hoteles que aspiraban a tener una escurridiza estrella más.

—Le hemos reservado la habitación de siempre —le había dicho el director, complacido de haberse acordado—. La misma que tuvo el año pasado. La que da a los árboles. Me pareció que le había gustado.

—Sí me gustó, sí.

Él había sonreído y les había dado las gracias. Le producía una sensación de seguridad ser conocido, al menos para ellos. Ellos también lo entendían; eran discretos cuando hacía falta. Nunca había tenido ningún problema con ellos ni había pasado ningún apuro por nada.

Ahora les entregó la llave porque anochecía e iba a salir, y el recepcionista la colocó debajo del mostrador.

—Hace una tarde espléndida —comentó—. Refrescará. Será una buena noche para ir a pasear y ver la ciudad.

—Sí —había repuesto él antes de marcharse por la puerta giratoria y salir al calor perfumado del jardín frontal, con sus árboles en flor y sus arbustos. El aire era denso y le abrazó como las aguas de un baño tibio; el calor era un tanto excesivo, pensó, pero pronto, en cuanto el sol desapareciera, refrescaría.

Abandonó los jardines del hotel y continuó por la carretera que serpenteaba colina abajo en dirección al corazón de la ciudad. No había hecho planes para la noche, pero en el fondo sabía lo que pasaría.

Aunque lo mejor era no reconocerlo, sino esperar y ver qué pasaba. Nunca se sabía cómo iban a salir las cosas. Quizá no habría nadie o le faltaría valor. Quizá se lo pensaría mejor y cambiaría de idea, y volvería a su habitación del hotel a leer. Eso pasaba en algunas ocasiones.

La carretera era empinada y serpenteaba entre casas y jardines apiñados, entre tiendas cerradas, un convento y una iglesia. La gente iba cargada con las compras de la tarde, montada en bicicletas. Un anciano lo observaba desde la puerta de su casa y él lo saludó cortésmente en portugués. El anciano asintió, entrecerrando sus legañosos ojos y luego abriéndolos de nuevo. Durante unos instantes pensó en detenerse y decirle algo, en preguntarle por sus vecinos, pero una chica se acercó al hombre por detrás y le tiró insistentemente de la manga de la camisa.

Se paró unos minutos delante de los escaparates de algunas tiendas y miró en su interior. Daba la impresión de que la zona se había convertido en un barrio de antigüedades y de comercio de libros. Había un escaparate con ediciones descoloridas de Pessoa, con una fotografía del poeta en el centro rodeada de las obras de sus diversos heterónimos, Alberto Caeiro, Ricardo Reis, Bernardo Soares. Siempre le había asombrado que alguien pudiera escribir de maneras tan diferentes, dependiendo del nombre que aparecía en la obra. Hoy día lo considerarían afectado de un trastorno de múltiple personalidad; habría críticos que escribirían como los médicos; lo convertirían en un asunto clínico y en el proceso destrozarían la poesía.

Otra tienda vendía, con discreción y casi pidiendo perdón, objetos de recuerdo del imperio africano. Ya nadie hablaba de ellas, de las vastas colonias de pesadilla; pero en la ciudad tenían que vivir oficiales retirados, los mismos que habían pasado su vida laboral en ciudades distantes de Mozambique y Angola, y que al regresar se habían encontrado un país que no quería sino borrar su memoria. Sin embargo, ellos difícilmente podían olvidarlo; difícilmente podía pedírseles que eliminaran por completo todos esos años; difícilmente podían fingir que no habían hecho nada durante sus veinte o treinta años de servicio de ultramar. Al menos tendrían que hablar de ello de vez en cuando, aunque fuera sólo entre ellos, furtivamente, como criminales conversando de los crímenes que habían cometido.

Tal vez ésta fuese su tienda, adonde podían ir y encontrar los atlas que tan familiares les eran, los manoseados manuales administrativos profusamente producidos por el Instituto Colonial, las gramáticas de las lenguas locales. Tanto esfuerzo, tanta lucha, no les había traído más que deudas, muerte e ignominia. Miró el escaparate con más atención. La mayoría de lo que se exhibía debería ser desechado: galones de viejas medallas, un bastón tallado de madera dura africana, una punta de lanza de creta. Le llamó la atención un antiguo botiquín de hojalata de primeros auxilios, con un nombre estarcido en la tapa. Unos cuantos años antes lo hubiesen tirado —habría sido imposible que alguien hubiera querido comprarlo—, pero ahora, al parecer, tenía algún valor. Quizás en alguna parte activaría una memoria o le proporcionaría una a alguien que no se acordara de nada, que ni siquiera hubiese nacido cuando cayó Salazar.

Había alguien junto a él mirando los objetos del escaparate.

—Nos piden que volvamos —comentó—. Nos piden que volvamos para llevar sus granjas. ¿Puede creerlo? Después de todo lo que ha pasado: la guerra, el Frelimo, las expulsiones, las expropiaciones de tierras. ¡Los marxistas nos piden que volvamos!

Miró al hombre, que le sonrió, casi con complicidad, mostrando varios dientes de oro.

Intentó pensar en algo que decir, pero no se le ocurrió nada.

—¡Jamás pensé que llegaría este día, se lo aseguro! —prosiguió el otro hombre—. Pero ha llegado. Nunca se sabe lo que puede pasar.

Él convino asintiendo, y el otro hombre se alejó andando, ahogando una risita ante su propia observación.

Entonces supo lo que quería decir, lo que debería haber dicho. Que no hay que tratar de olvidar el pasado. Que no sirve de nada negarlo. Hay que afrontarlo, como hacen los alemanes; hay que sacudirlo, analizarlo detenidamente y dejarse atormentar por él hasta que se le pueda mirar de frente; lo que a la larga se consigue.

Llegó a la plaza y entró en un pequeño bar. Pidió un café cargado y un oporto. El propietario le sirvió y volvió a coger el periódico. Había crisis política y el tambaleante gobierno ocupaba la página entera. La política local le parecía impenetrable, como suele suceder con la política extranjera, y no intentaba entenderla.

El propietario dejó el periódico.

—Es repugnante —declaró.

—Sí.

Hubo un breve silencio.

—¿No es usted de aquí?

—No, soy de Estados Unidos. De Carolina del Sur.

—Pues habla bien el portugués. Los americanos normalmente...

Él sonrió e interrumpió al hombre:

—No se molestan en aprender.

El propietario le miró con cara de disculpa:

—Puede que algunos sí lo hagan. Usted lo ha hecho.

—Trabajé muchos años en Brasil. Probablemente lo note en mi acento.

El propietario asintió.

—Siempre se nota.

Pidió otro oporto, que apuró enseguida, aunque todavía hacía demasiado calor y tendría que haber pedido *vinho verde*. A lo mejor más tarde.

Le dio las gracias al propietario y salió a la plaza. Ahora ya había caído la noche y en los jardines del centro de la plaza las luces estaban encendidas, proyectando charcas amarillas a lo largo de los caminos. Cruzó la calle y fue hasta los jardines, donde había bancos. Ahora su corazón latía más rápido y tenía la boca seca. No acababa de acostumbrarse a esto; no, no había perdido la vergüenza.

Escogió un banco que habían instalado justo encima de un elaborado mosaico —una imagen de un barco sobre las olas con delfines retozando alrededor de la proa—. También había una inscripción, un verso, pero faltaban algunas de las letras y no pudo interpretar su sentido. Decían algo del corazón.

Estuvo allí sentado unos quince minutos, observando. Ahora el bullicio de la plaza había aumentado y hasta él llegaba olor a comida. Sonaba música en alguna parte, fragmentos de canciones, y se tranquilizó. Le encantaba esta ciudad, con toda su barahúnda y su belleza, con su gente bien parecida. Era su lugar favorito para... «Para lo que me gusta hacer —pensó—. No es malo. Aquí se tolera, aunque los puritanos de mi país no opinarían lo mismo.»

Alguien pasó junto a su banco, anduvo unos pasos más y luego retrocedió y se sentó a su lado.

—¿Tiene fuego? —le preguntó el otro, sacando un paquete de cigarrillos baratos del bolsillo de su chaqueta.

Él sacudió la cabeza.

—Lo siento, pero no fumo.

—¡Vaya! —exclamó el hombre—. Eso debería hacer yo. Cuesta renunciar a lo que a uno le gusta, ¿no cree? —Hizo una pausa—. ¿Y a usted? ¿Le gustaría renunciar a lo que le gusta?

Clavó la vista en el mosaico.

—No, no tengo intención de renunciar a ello.

El hombre extrajo un cigarrillo del paquete y luego metió la mano en el bolsillo y sacó un encendedor.

—¿Puedo ayudarle en algo? —inquirió—. Salta a la vista que es extranjero. Brasil está muy lejos, ¿verdad?

Durante unos instantes no dijo nada, después asintió.

El hombre dio una calada.

—Puedo conseguirle lo que desee. ¿Quiere un chico?

—No.

—Pues dígame lo que quiere y vuelva dentro de media hora. Vaya al otro lado de la plaza y traiga el dinero.

Él le dijo lo que quería y el hombre asintió.

—Yo se lo conseguiré. Una cita con una ninfa; una muchacha bonita y voluntariosa.

Permaneció un par de minutos observando antes de cruzar la plaza. El hombre había vuelto, pero estaba solo; exactamente como debía ser, de modo que se dirigió a su encuentro.

—Sígame —le ordenó el hombre—. Sólo tenemos que subir esa calle de ahí.

Él titubeó, pero el hombre le aseguró:

—Puede confiar en mí, no se preocupe. Estamos rodeados de gente, no voy a robarle.

—Está bien, pero no entraré.

—No hace falta que lo haga. Ella lo está esperando. Pero tendrá que pagarme antes de irse, ¿de acuerdo?

Lo siguió, y subieron por la calle hasta que de repente el hombre se detuvo y se asomó a una puerta.

—Ésta es su amiguita, aquí la tiene. ¿La ve? ¿Le parece bien?

—¿Cuántos años tiene?

—Catorce recién cumplidos —respondió el hombre—. Hace dos semanas aún no los había cumplido. Es razonable, podría casarse con ella, si quisiera.

El hombre se rió, observando la expresión de su cliente. «Es protestante —pensó—. Todos los americanos son protestantes y se sienten culpables, aunque vayan con una mujer.» ¿Y los que iban con chicos? ¿Cómo se sentirían? Había tenido un cliente, un hombre rico de Austin, que se había disculpado cuando le pidió un chico. «No le haré nada —aseguró—. Sólo quiero que... que... También me gustan las mujeres, ¿sabe? Sólo estoy con chicos de vez en cuando.» Había proferido una letanía de excusas.

Le dio el dinero; la chica vio cómo contaba los billetes el intermediario.

—De acuerdo. Está bien. Irá con usted al hotel. Puede tenerla hasta mañana por la mañana, conoce el camino de vuelta. Si quiere darle un poco de dinero extra, puede hacerlo.

Se alejaron andando, la chica iba a su lado. Apenas la había mirado todavía, pero se fijó en que ella le sonreía.

—¿Te apetece comer algo? ¿Te gustaría ir a un restaurante?

La idea se salía de lo corriente, era incluso peligrosa, pero no había comido y estaba hambriento. Y, al fin y al cabo, el otro hombre, el proxeneta, había descrito esto como una cita. De modo que se llevaría a su acompañante, a esta deliciosa criaturilla de color miel, a cenar. La trataría como a una mujer. Con velas y cumplidos.

La chica levantó la vista y lo miró.

—Como usted quiera.

—Pero ¿te gustaría? Te lo pregunto a ti.

Ella se encogió de hombros.

—Creo que sí.

—Crees que sí... —Hizo un alto. Hacía dos semanas tenía trece años; era así como hablaban.

Eligió el primer restaurante que vieron, un gran restaurante de pescado cuya fachada era estilo *art nouveau*. El camarero que había en la puerta los acomodó y los acompañó a una mesa con gesto ceremonioso. Era un sitio caro con manteles blancos de lino recién almidonados y diversas copas en cada servicio de mesa.

—¿Le apetece vino, señor? —el camarero le pasó la lista y luego miró a la chica—: Y para su hija...

Permaneció impasible, pero las palabras hicieron mella en él, y mucho. Ella no se dio cuenta; se limitaba a examinar los cuchillos y tenedores, y los relucientes platos.

Pidió para ambos, porque sabía que tardaría demasiado en averiguar lo que ella realmente quería. Comerían una mariscada, dijo, y una ensalada. El camarero anotó el pedido y desapareció.

—Así que tienes catorce años.

La joven asintió.

—¿Y vives en Lisboa? ¿Eres de Lisboa?

Ella bajó la vista.

—Soy de otra parte, del campo. Pero ahora vivo en la ciudad.

—¿Y vives con ese hombre? ¿Con el que... el que nos ha presentado?

Ella cabeceó.

—Vivo con una tía que se ocupa de mí.

Él estudió su rostro. Tenía esa piel aceitunada que tanto le gustaba, pero había algo raro en ella, casi masculino; tenía aspecto de poder cuidar de sí misma. Aquí no había explotación. Ella era lo bastante fuerte. Y a esas jóvenes esto les gustaba; lo hacían porque querían.

De pronto la chica habló.

—Mi tía vivió mucho años en África, en un lugar llamado Lourenço Marques. ¿Lo conoce?

Él cogió un cuchillo de la mesa y lo examinó.

—Sí, lo conozco. He estado allí.

Ahora la chica parecía interesada.

—Me encantaría ir algún día. Quiero ver la casa en la que vivió mi tía. Tenía un bar, un bar grande, con empleados.

—Sí, seguro que sí. Me lo puedo imaginar.

—Y solía bañarse en el océano Índico; cada mañana.

—Es peligroso. Hay tiburones.

La chica parecía sorprendida.

—¿En el océano? ¿Tiburones?

—Sí, tiburones.

Le dio la impresión de que la chica había tenido una decepción. Tal vez una ilusión había sido frustrada.

—Pero no te preocupes por eso; sólo es peligroso, si vas mar adentro. Los tiburones esperan donde se forman las olas. Cerca de la playa se está a salvo.

La conversación languideció y él agradeció que el camarero hubiera regresado.

—Su vino, señor y esto... para su hija. *Bom appetito!*

Cuando regresó al hotel estaba el mismo recepcionista de servicio. Le pidió la llave del cuarto y observó cómo el hombre clavaba una fría mirada en la chica y luego lo miraba a él de nuevo. Él alargó el brazo y deslizó un billete sobre el mostrador.

—Hace frío en la calle. Mucho frío.

El recepcionista cogió el billete y sonrió mientras le daba la llave.

—Buenas noches, señor. Sí hace frío, sí, hace mucho frío.

Cruzó la habitación para bajar las persianas. Mientras lo hacía miró los árboles, que sabían que le gustaban. Soplaba una brisa suave y las copas de los árboles se movían. ¿De dónde proceden los vientos? Los vientos proceden de alguna parte... Eran unos versos que había leído, hacía mucho tiempo, en algún libro olvidado, en otro país.

Se volvió. La chica estaba ahora de pie, junto a la cama, mirándolo, y él se fijó de nuevo en sus ojos almendrados y en la tersura de su piel. Se acercó a ella y la cogió suavemente por los hombros.

—Voy a desvestirte —anunció—. Te sacaré toda la ropa; empezaré por aquí.

Deslizó la mano debajo del cinturón de los tejanos de la chica y notó que ella se ponía tensa.

—¿Estás asustada?

La chica no dijo nada, y él continuó, manoseando torpemente la cremallera, que acabó bajando. Después tiró de los pantalones y éstos cayeron al suelo. Tenía las piernas largas para ser una chica; para ser una chica...

—Sácate el resto —ordenó él—. Voy un momento al cuarto de baño.

Cuando volvió ella estaba tumbada boca abajo en la cama, desnuda. Reparó en la ligera curvatura de su espalda, en los omoplatos, en la piel aceitunada como un mapa de tentaciones.

—Date la vuelta —le dijo—. Date la vuelta.

La chica obedeció y lo miró, avergonzada, le asustaba su reacción.

Al principio él no dijo nada; se había quedado sin habla. Luego, sosegadamente, dijo:

—Eres un chico.

El chico permaneció callado. Se incorporó, cruzando las piernas, con la cabeza hundida en las rodillas.

—Él me obliga —explicó—. Es él. Y se queda con todo el dinero. —Alzó la vista—. Se lo prometo. Me obliga a ir con hombres que quieren ir con chicos y engaña a los hombres que piden chicas, porque nunca se atreven a quejarse.

Él miró con fijeza al chico, en silencio y compasivamente.

—Pero ¿vives con tu tía? —inquirió finalmente—. ¿Con la que vivió en África? ¿Verdad?

El muchacho asintió.

—Sí, es la novia de él.

—Entiendo.

Miró detenidamente al chico. Estaba demasiado delgado. Necesitaba engordar.

—Deberías comer más —le dijo—. Deberías comer mejor. No comes bien.

El chico levantó la vista.

—¿Cómo lo sabe? —le preguntó.

—Porque soy médico —respondió él.

Bulawayo
Rhodesia del Sur 1959

—Ahí —dijo ella—. Ahí está, ahí. ¿La ves ahora?

Él miró en la dirección que ella le indicaba. Había una mancha verde oscura y, entreverados, medio ocultos por la vegetación y la distancia, pudo divisar máculas blancas, los edificios. Detrás del verde, en segundo plano, una presencia granítica se erguía en la sabana.

—¿Donde están los árboles? —inquirió—. ¿Los eucaliptos?

Ella asintió.

—Sí, ahí es.

Él sonrió.

—Pues está en un buen sitio. Da la impresión de que aquí no hay problemas de agua.

—Siempre ha estado todo verde. Cuando hubo aquella horrible sequía, ¿te acuerdas?, hará unos cinco o seis años...

—Seis —le interrumpió él—. Fue el año que estuve en el extranjero.

—Sí, creo que sí. Bueno, pues tuvimos muchísima agua. En Bulawayo hablaban de racionar el agua. Todos los jardines estaban completamente secos. Marchitos.

Giró bruscamente para esquivar una piedra que, de alguna manera, había acabado en medio del camino de tierra.

—Nos ha ido por los pelos —comentó él—. La he visto justo a tiempo.

—¿El qué?

—La piedra. En Gwanda una vez rompí un cárter por culpa de una piedra como ésa y el coche perdió todo el aceite.

Ella se volvió en su asiento y vio la nube de polvo que se había levantado detrás del coche.

—Le diré a mi padre que la rebaje. Tiene uno de esos rodillos para aplanar caminos.

Él gruñó.

—Buena idea, pero, aunque saques una piedra, aparecerá otra. La única solución es un Land Rover. ¿Tu padre tiene uno?

—Sí.

Viajaron en silencio durantes algunos minutos. Frente a ellos el camino empezaba a serpentear en dirección a la laguna seca donde habían visto las verdes dehesas y el grupo de árboles. Ahora se divisaba la alquería —la columnata blanca de un porche, el techo de paja, un destello rojo de buganvillas—. El camino era ahora más llano y en los últimos kilómetros del trayecto él aceleró. Le gustaba llegar a las casas con rapidez y frenar bruscamente delante del porche. Todo el mundo lo hacía y siempre le había parecido que era una forma decidida de llegar. Y, hoy, con el encuentro que le aguardaba, necesitaba ser decidido. Una cerveza le sentaría bien. Mejor dos o tres. Valor holandés, así era como lo llamaban. ¿Y por qué no?

Los padres de ella estaban en el porche, mirándose disimuladamente el uno al otro, pero fingiendo no hacerlo, y él tomó buena nota de cada detalle. «Ella parece mayor que él —pensó—. Pero eso es habitual en las mujeres de los granjeros. Por alguna razón, al parecer, el clima afecta a sus rostros antes que a los de los hombres; se arrugan y parecen acartonados, como las caras de las mujeres que han vivido toda su vida en la sabana, pero no tanto.» ¿Sería debido a los hijos, a las preocupaciones por llevar una casa, a los partos, al sexo...? ¿Podía todavía haber pasión en ese cuerpo apergaminado, tan decorosamente cubierto con un fino vestido de algodón estampado? ¿Y en el de él, voluminoso y de extremidades pesadas? Seguramente no.

—¿Michael? —Él la miró. Le había preguntado algo—. Mi madre quiere saber si te apetece una taza de té. ¿Te apetece?

La miró expectante.

—¿Qué vas a tomar tú?

—¿O prefieres una cerveza? —le preguntó el padre, sonriendo—. Hace bastante calor.

La aceptó con alivio y se sentó con el padre mientras las dos mujeres entraban en la casa. Durante unos instantes hubo silencio. Sí, iba a ser difícil, aunque la cerveza ayudaría.

—Me ha dicho Anne que eres profesor. ¿De matemáticas?

Era una voz inusual para un granjero, sin acento, tranquila. Se parecía a la voz de su propio padre, una voz prudente y ecuánime. Recordó que ella le había dicho que su padre se había graduado en Ciudad del Cabo, que había estudiado algo poco común, ¿arqueología?

—Sí, de matemáticas y de educación física. Ya llevo dos años allí.

El hombre mayor sonrió y asintió con la cabeza, como si hubiese confirmado alguna sospecha.

—En su día fui administrador de la escuela.

Esto le sorprendió. Anne no le había dicho nada sobre eso; la verdad era que le había hablado muy poco de ellos. Se había interesado por la familia de él y le había hecho un interrogatorio sobre sus parientes; era como si ella no tuviese nada interesante que contar.

El padre se sirvió cerveza en un vaso alto.

—De eso hace ya unos cuantos años —continuó—. Nuestro hijo, el que perdimos, estaba allí, ¿sabes?

Se lo habían contado. Ella había hecho referencia a su hermano muerto con resignación, igual que su padre hablaba ahora de su hijo. A él ya no le quedaban parientes cercanos, así que no lo sabía; pero siempre se había imaginado que las familias dejaban de hablar de sus muertos, al menos de los más íntimos; porque lo contrario resucitaría el dolor. Se sintió incómodo. ¿Qué podía uno decirle a un hombre que había perdido un hijo?

Pero no hizo falta que dijera nada:

—Esa escuela me gustó desde el primer momento en que la vi. Me pareció que tenía buen ambiente. ¿Tienes tú esa misma sensación trabajando allí?

—Sí.

—¿Y por qué crees que tiene tanto ambiente? ¿Qué opinas?

Nunca se había puesto a pensar en ello. Le gustaba el sitio, pero nunca había analizado el porqué. Se encontraba a gusto allí, eso era todo.

—Me imagino que será porque el personal es bueno. —Mientras hablaba se dio cuenta de que sonaba trivial. El hombre mayor poseía una inteligencia con la que él, instintivamente, notaba que no podía competir. «Es muy listo —se dijo—. Este granjero, que vive aquí, rodeado de todo su ganado, es más inteligente que yo.»

—¡Por supuesto! —exclamó el padre—. Bastan un par de personas para dar ambiente a un sitio, ¿verdad? —Se detuvo—. Y la tradición, claro. Vale la pena no perderla de vista, incluso hoy en día.

—Naturalmente.

—Siempre me dicen que está anticuado hablar de la tradición. Es una palabra tabú. ¿Qué crees tú?

Se sentía irritado. ¿Que qué creía? ¿Creía algo en absoluto? Su anfitrión le lanzó una mirada inquisitiva.

—Yo todavía creo en la tradición —explicó el hombre mayor—. Pero hasta cierto punto. Sé que tiene muchas cosas absurdas, pero sin ella, bueno, simplemente, perderíamos el norte. La tradición da a nuestras vidas... cierta orientación.

El hombre esperaba una respuesta o al menos algún comentario. ¿Tradición?

—Ellos creen en ella, ¿verdad? —Señaló los establos que había pasado el prado. Dos hombres conducían un par de caballos a la dehesa; dos hombres vestidos con monos azules remendados, que llevaban sombreros deshechos que a duras penas eran ya sombreros.

El padre se rió.

—¿Los africanos? Sí. Para ellos es muy importante, mucho. Aunque ellos son supersticiosos, ¿verdad? ¿Crees que hay alguna diferencia?

Cogió la cerveza que le habían dejado en silencio delante, en la mesa de madera de mukwa, y luego contestó a su propia pregunta:

—Probablemente.

Los hombres que conducían los caballos a la dehesa se detuvieron. Uno de ellos pasó una mano por la pata delantera de su caballo y le levantó la pezuña para examinarla. Después le desató el cabestro y le dio una palmada en el cuello. El otro hombre también soltó a su caballo y gritó. Los animales huyeron a galope.

—Ahí están —constató el hombre mayor—. Los dos mejores caballos del lugar.

Él observó a los caballos mientras se movían entre la escasa hierba marrón de la dehesa, que llegaba a la altura de las rodillas. Sería más sencillo, pensó, no implicarse en todo esto. Podía seguir soltero y vivir en las residencias de profesores durante el resto de su vida. De cualquier manera, ¿no sería eso más razonable? ¿Quería casarse realmente? Miró de soslayo al hombre mayor. Las palabras resonaban en su mente: suegro, suegro. Sonaban extrañas e inapropiadas. Nunca sería capaz de llamarle así. Eran otros los que tenían suegros, y esposas.

—Es increíblemente guapo. Nos encanta. Sé que a tu padre también le ha gustado; me he dado cuenta al instante.

La madre le dirigió una mirada a la hija y vio que ésta se había sonrojado.

—Nunca, jamás, dudé que traerías a la persona adecuada.

Hubo un silencio. La hija clavó la vista en el suelo, absorta en el diseño de la estera que había debajo de sus pies.

—¿Cuándo podemos hacerlo público? —le preguntó su madre—. Espero que no tengamos que esperar.

Entonces ella habló:

—Cuando queráis. Podéis hacerlo cuando queráis.

—De acuerdo.

Durante unos instantes ninguna de las dos dijo nada. En el exterior, se oía en la noche el sonido del generador diésel. Su madre se levantó de la silla y se acercó a la ventana. Fuera no se veía nada excepto la negrura de la noche y el cuadrado de luz proyectado por la ventana.

—¡Hace tanto calor! —exclamó la mujer—. A veces pienso que me gustaría vivir en El Cabo o en las Highlands orientales. En cualquier parte menos en Matabeleland.

—Nos gustaría casarnos dentro de unos seis meses —anunció la hija.

—Me parece bien. Así os daría tiempo más que suficiente a organizarlo todo. Siempre hay mucho que hacer.

—Habíamos pensado que la catedral de Bulawayo...

—Sería idónea. ¡Claro que sí! No tendría por qué haber ningún problema; llamaremos mañana por la mañana.

La madre se volvió.

—Cariño, no sé cómo funcionan estas cosas hoy en día. ¡Ha cambiado todo tanto! La gente piensa de otra manera...

Hizo un alto. La hija miró a la madre y reparó en que un lado del dobladillo de su descolorido vestido se había deshecho.

—Verás, en mi época se nos exigía que realmente esperáramos... ya me entiendes, no dejábamos que los hombres... Aunque cuando tú te prometiste, las cosas eran distintas y había más permisividad.

La hija permaneció callada, deseaba silenciosamente que su madre parara de hablar, pero la mujer continuó.

—Las parejas prometidas gozan de cierta libertad. Pero, por favor, cariño, ve con cuidado. Eso es todo lo que quería decirte. Recuerda que a veces las cosas pueden torcerse y entonces... Bueno, entonces las cosas tal vez hayan ido más lejos de lo que hubieses querido y luego podrías arrepentirte...

—De no poder ir vestida de blanco, después de todo.

Rota la tensión, la madre sonrió.

—Exactamente —dijo—. Exactamente.

Cuando tenía doce años su madre desapareció. Él sabía que sus padres discutían; había oído sus voces alzadas y había visto la tensión en sus caras cuando estaban juntos, pero había dado por sentado que era así como vivía la gente. Sabía que en las casas de los demás también había peleas, que los padres de los demás se tiraban los trastos a la cabeza, y sabía que había algo llamado divorcio, que les ocurría a las familias de los demás y que traía consigo la complicación de dos hogares, dos coches y fines de semana alternos. Pero la repentina partida de su madre después de un simple, tenso y silencioso beso de buenas noches, le cogió desprevenido.

Su padre había entrado una mañana en su habitación para despertarlo, y se había quedado allí de pie, intranquilo, con la bata alrededor de los hombros.

—Tengo que darte una mala noticia, Michael —anunció—. Tu madre nos ha dejado.

Él se había quedado completamente inmóvil, con la mirada clavada en el techo, sin saber si aparentar que estaba dormido, que no había oído nada. Pero su padre se había quedado ahí, mirándolo con fijeza, y él había tenido que responder.

—¿Cuándo volverá? —había preguntado.

—Me temo que no volverá. Se ha ido a vivir con otra persona. Se han ido al norte, a Nairobi. Lo siento.

Eso fue todo lo que dijeron. Jamás volvieron a hablar de ello; él, notando el dolor de su padre, había evitado el tema; su padre, sintiéndose desconcertado e incapaz de afrontar las emociones de su hijo, simplemente fingió que no había ocurrido desgracia alguna.

El funcionamiento de la casa no planteó problemas. El ama de llaves africana hacía la compra y supervisaba a las dos criadas. Todo marchaba. La ropa se lavaba y planchaba con pulcritud, los zapatos se limpiaban y las camas se hacían. Nunca se paró a pensarlo; simplemente sucedía.

Su padre, que era abogado, se pasaba todo el día en el despacho, pero siempre volvía a cenar y por las noches nunca salía. Los fines de semana se llevaba a su hijo a nadar o a las colinas, al sur de la ciudad, donde hacían hogueras y asaban salchichas y beicon. En vacaciones, lo llevaba a pescar al Zambesi, una aventura que ambos esperaban con ilusión desde meses antes de que llegara.

Y de este modo creció en una casa que otros, que sabían del adulterio y abandono de su madre, describían como «triste» y «patética», pero que a él le ofrecía suficiente seguridad.

Luego, a los diecisiete años, volvió una tarde de un partido de rugby y se encontró un coche blanco y azul de la policía en el camino de entrada a su casa. Había un vecino frente a ésta; lo miró con fijeza y después se acercó a él apresuradamente cruzando el césped.

Su padre, le dijo, había tenido un accidente. Había resultado gravemente herido, no, peor; lo lamentaba, pero tenía que decírselo, no podían hacer nada por él. De hecho, había muerto. Lo lamentaba muchísimo.

El otro conductor estaba borracho. Trabajaba en los ferrocarriles; se había pasado la mañana entera bebiendo en el club social de los ferrocarriles y había bajado por Rhodes Street a toda velocidad, saltándose los semáforos. Se había llevado por delante a un vendedor ambulante que iba en bicicleta y luego había chocado frontalmente contra su padre en un cruce. El borracho salió ileso.

Eso es todo lo que supo. Pasó los siguientes días aturdido; se sentó en la iglesia, en el duro banco, con los ojos cerrados como si por su mera fuerza de voluntad pudiera transportarse a sí mismo a otra parte, lejos de esto. El socio de su padre se sentó a su lado y le tocó con suavidad el brazo cuando llegó el momento de levantarse. No miró el ataúd, que simplemente no vio, pero olió las flores, el nauseabundo olor de las calas, y escuchó las palabras:

«Nuestro hermano en Cristo, era un buen hombre, un hombre recto, que sufrió desengaños en su vida, pero los afrontó con valentía. Algunos de los que estamos aquí, servidor incluido, estuvimos con él en la Western Desert Force y recordamos la camaradería de aquellos días. Cada uno de nosotros lo recuerda como un hombre honorable que nunca escatimaba su ayuda. Es así como deberíamos conducir nuestras vidas; siendo honestos con los amigos, leales a la patria y misericordiosos con los débiles. Tengamos en cuenta su ejemplo.»

Su padre había sido asesor de una misión de la parte sur de la ciudad y los sacerdotes insistieron en que debía ser enterrado allí. De modo que fueron hasta allí en coche, en un melancólico convoy, pasando por delante de las pistas de tenis del Country Club, de las cabañas de los criados de las granjas, hasta la misión y su cementerio de tambaleantes paredes. Era mediodía, hacía calor y soplaba el viento, que formaba pequeñas nubes con el polvo rojo de la dura tierra. Cerró los ojos; ya había estado antes allí, cuando su padre lo había llevado a visitar las tumbas de los primeros misioneros.

Había una tumba, con una lápida que ahora se inclinaba peligrosamente, pero que aún permanecía firme para proclamar su mensaje: CHARLES HELM, MISIONERO, AMIGO DE MATABELE. Ahora volvió a abrir los ojos y miró fijamente esta lápida mientras a su lado, en un abismo de vacío doloroso, enterraban a su padre.

El eco resonante de las frases parecía que alcanzaba el vacuo cielo azul que había sobre ellos. «*Al hombre, nacido de mujer, le esperan días... En la segura esperanza en la resurrección y en la otra vida que está por venir.*» Entonces hubo silencio y el coro de la iglesia misional, vestido de blanco para la ocasión, cantó *Que Dios bendiga a África.*

Como había estado a punto de dejar los estudios, el socio de su padre, que había sido nombrado su tutor, decidió que lo mejor era que se fuese a vivir con su familia hasta que terminaran los exámenes. No había problemas financieros, de modo que podía elegir la universidad que deseara y estudiar lo que quisiera. Su padre había estudiado en Cambridge, y pensaron que sería el mejor sitio para él. Podía ir a la misma universidad que su padre, que es lo que él hubiera querido; y era un buen sitio para estudiar matemáticas, que era la asignatura en la que él más sobresalía.

—No sé si me gustará Inglaterra —le había dicho al tutor—. Nunca he estado allí.

—Te sentirás como pez en el agua. ¡Piénsalo! ¡Vivirás en Cambridge! Podrás jugar al críquet y al rugby. Entre edificios maravillosos y amigos y estímulo para el intelecto. ¡Y esos maravillosos pubs ingleses! ¡Por Dios, si yo estuviera en tu pellejo!

Al principio Cambridge le pareció frío, extraño e inhóspito, y suspiraba, afligido, por volver a África. Los cielos, a diferencia de los de casa, eran bajos, como si no hubiese suficiente aire, suficiente espacio. La gente se arremolinaba a su alrededor, pero estaba más solo que nunca. Unos primos de su padre vivían en Norfolk y le invitaban los fines de semana, pero los encontraba distantes, aunque probablemente no fuera ésa su intención, y se sentía incómodo en su presencia.

No tenía a nadie a quien escribir excepto a su tutor. Le había informado a su madre de su partida, y habían hablado por teléfono, pero su voz le había parecido forzada. Supuso que se sentía culpable, y él, a su vez, tampoco se compadecía mucho de ella.

Se relacionó con otros que estaban en una posición similar a la suya. Había un par de australianos y una chica de Nueva Zelanda. Los viernes por la noche iban juntos a los pubs y de vez en cuando viajaban a Londres para dar una vuelta por el West End. Luego, poco a poco, cada uno fue por su lado e hizo amistad con otras personas.

Descubrió que era popular. A las chicas les gustaba su aspecto —ponían los ojos en él, y él lo sabía, pero era como si no le diera importancia—. Le invitaban a los bailes de la universidad, y él iba, pero raramente devolvía las invitaciones.

—No puedo entenderte, Michael —le comentó uno de sus compañeros de universidad—. Da la impresión de que los demás no te importan mucho, ¿verdad?

Estaba sorprendido. Por supuesto que le importaban, como a todo el mundo.

—No les haces ni caso a las chicas que se postran a tus pies. Podrías tener todas las que quisieras, ¿sabes? Una distinta cada semana; cada noche, si realmente te lo propusieras.

Él sonrió.

—Entonces no me quedaría mucho tiempo libre para otras cosas, ¿no?

Su amigo lo miró con fijeza.

—Porque te gustan las chicas, ¿verdad?

Él se sorprendió.

—Sí, me gustan.

—¿Estás seguro?

Él asintió.

—Hombre, no me gustan todas. Algunas me gustan más que otras.

—Naturalmente.

En su último año, entabló relación con un grupo de la universidad que tenía fama de llevar una vida licenciosa. Había oído hablar de sus fiestas, pero nunca le habían invitado. Ahora, inesperadamente, recibió por debajo de la puerta una tarjeta que le invitaba a unas copas.

Los demás invitados iban elegantemente vestidos y él se sintió incómodo con su traje de cada día y sus zapatos marrones, pero el anfitrión trabó con él una conversación seria, y las bebidas fueron servidas. Todos los presentes tenían un aspecto impecable, había, asimismo, indicios de una holgada economía; una garrafa adornada y con tapón de plata; vasos de grueso cristal; una pitillera de plata grabada.

—Y dime, ¿cómo es África?

—¿Cómo es?

—Cómo es la vida allí, el país. ¿Vives en una de esas fincas blancas como las de las Highlands, ya sabes, con bungalós, criados y demás?

—Sí.

—¿Y tienes a alguien que te limpie los zapatos?

—Sí.

—¿Y cuando desayunas por la mañana está todo puesto en bandejas de plata? ¿El *kedgeree**, los huevos y todos los acompañamientos?

—Algunas personas viven así, pero la mayoría no.

Otro chico participó en la conversación.

—Es todo bastante injusto, ¿no? Porque a los criados no se les paga mucho, ¿verdad?

—No, no mucho. Y no es justo.

La conversación se desinfló.

—Pensé que tratarías de justificarlo. Seguro que se te ocurre algo que puedas decir en favor de eso. ¿La carga del hombre blanco?

Su anfitrión intervino.

—Discúlpalos, Michael. No se dan cuenta de que es terriblemente grosero decirle a otra persona que vive en una sociedad injusta. ¡Caramba! ¿Y quién no vive así? ¡Míranos a nosotros!

* *Kedgeree*: plato de arroz y especias de influencia culinaria hindú al que los ingleses añadieron pescado, huevo, crema... *(N. de la T.)*

Volvieron a invitarlo al cabo de dos semanas, y después otra vez. En cada ocasión había gente distinta, pero toda del mismo tipo. Cambiaban las caras, los nombres, pero la conversación seguía casi siempre el mismo derrotero. Se dio cuenta de que, en cierta manera, él resultaba favorecido y de que era el único al que siempre volvían a invitar.

Su anfitrión le dijo:

—¡Me divierto tanto contigo, Michael! Eres tan diferente al resto de esa gente absolutamente venenosa que vive aquí. Eres tan... tan honesto. Y lo digo en el mejor de los sentidos. Eres honrado. No eres esnob ni presuntuoso. Eres pura bondad, ¿no te das cuenta? ¡Pura bondad!

Estaban solos, con una botella medio vacía de vino del Rin encima de la mesa.

—¿Habría sitio para mí en un lugar como Bulawayo? ¿Qué podría hacer yo allí? ¡No me contestes! ¡No me contestes! ¡Sólo bebe!

Alargó el brazo para llenar el vaso de su invitado.

—Ya he bebido bastante. Vamos por la segunda botella.

—¡Pero este vino alemán te sentará bien! Es muy suave, ¿lo sabías? Lo hacen así para que puedas tomarte dos o tres botellas sin encontrarte mal.

Él apuró su vaso y se reclinó en el respaldo del sofá.

Luego oyó:

—No te vayas a casa esta noche. Quédate aquí.

Miró a su anfitrión, que estaba de pie, con la botella en la mano. El chico sostuvo su mirada y le sonrió. Era imposible que quisiera decir lo que creía que había dicho.

Michael cabeceó.

—No, tengo que irme.

—¿Por qué? Quédate. ¿Qué más da? Mira, no importa lo que te hayan inculcado. No importa lo más mínimo. Quédate.

Pero él se levantó, tambaleándose un poco.

—No quiero —dijo—. Simplemente no quiero quedarme.

Caminó en dirección a la puerta. Su anfitrión había dejado ahora la botella y había cogido un cigarrillo de la pitillera de plata.

—Rhodesia del Sur —se rió—. ¡Rhodesia del Sur!

Michael se detuvo.

—No sé a qué te refieres.

—Seguro que sí. No te has liberado del lastre de ese rincón del mundo; a eso me refiero.

Él no dijo nada. Miró fijamente a su anfitrión, estaba perplejo.

—¿Quieres saber algo, Michael? Rhodes era marica, ¿lo sabías? ¡El propio Rhodes! Tiene gracia, ¿verdad? Tendrían que haber puesto eso en el monumento que le hicieron. Es como si lo estuviese viendo, ¿tú, no?

Las invitaciones cesaron. Naturalmente, seguía viendo a los demás, y a su supuesto seductor también; Cambridge era un sitio demasiado pequeño para poderse evitar. Había sonrisas, saludos con la mano —como si nada hubiese pasado—, pero para Michael aquel mero encuentro lo había cambiado todo. Ya nada era lo que parecía; los rectores, los estudiantes universitarios, el edificio entero de una sociedad civilizada e inteligente ocultaba en su interior un corazón mezquino. Se llamaba hipocresía. Esta gente no se diferenciaba en nada de los insignificantes borrachos callejeros y adúlteros de Bulawayo.

—Ya no vas con tus nuevos amigos. ¿Qué ha pasado? ¿No bebes suficiente vino?

—Son ellos los que me han dejado; aunque no me importa.

Hubo un silencio.

—Está bien.

—¿Por qué? ¿Acaso no te gustaban?

—¿Y a quién le gustan?

—De todas formas, ¿qué crees que vieron en ti?

Michael miró a su amigo. ¿Acaso él ya lo sabía desde el principio? ¿Tan obvio había sido para los demás?

—No lo sé. Tal vez me juzgaron mal.

Su amigo se rió.

—Es una forma de verlo. Se equivocaron de objetivo. La verdad es que es bastante gracioso. Es como si los estuviese oyendo: «¡No es uno de los nuestros! ¡Querido, puedes creerlo!»

Sin distracciones sociales, redobló el esfuerzo en sus estudios. Sus tutores lo alentaban e insinuaron que quizá le gustaría quedarse para investigar. Había proyectos de matemáticas aplicadas para los que se requería gente; podría tener una plaza en uno de ellos, estaban convencidos.

Estuvo tentado. Habría sido fácil aceptar la oferta y pasar los tres años siguientes asentado sin problemas en un proyecto de Cambridge holgadamente subvencionado. Estuvo a punto de aceptar, pero una tarde, en un pequeño pueblo de las afueras de Cambridge, donde había sido invitado a comer con unos amigos en un pub, vio un cielo que le recordó África. Durante unos minutos se quedó inmóvil, y luego percibió ese olor único y evocador, el olor de la lluvia sobre el polvo. Por un breve espacio de tiempo una bocanada de aire y agua trajeron África a esa aburrida y tranquila parte de Inglaterra, y su corazón latió.

Rehusó la oferta de una beca para investigar, cosa que asombró a sus tutores.

—Realmente, no esperes que se te vuelva a presentar una oportunidad como ésta —le dijo uno de ellos—. Si te quieres dedicar en serio a las matemáticas, es ahora cuando debes tomar una decisión.

—Ya la he tomado.

—Cometes un error. Allí no encontrarás nada. ¡Te será imposible!

Él se mordió los labios. ¿Cómo podía este hombre, de maneras refinadas y académicas, saber algo de África? Quiso decírselo; decirle que los impulsos del corazón no podían negarse, pero no lo hizo y masculló algo acerca de ciertas obligaciones que tenía para con su ciudad. El tutor, acallado, centró su atención en otra cosa y Michael supo que ése era su castigo. Le habían ofrecido el pasaporte a un mundo que el tutor, y aquellos que eran iguales que él, contemplaba como el mejor mundo al que cualquiera podía aspirar, y él lo había rechazado ingratamente.

Al cabo de unas cuantas semanas, recibió una carta del director de un colegio de chicos de las afueras de Bulawayo. Se había enterado de que estaba a punto de graduarse y se preguntaba si cabía la posibilidad de que aceptara un cargo. Era una lástima que tantos jóvenes prometedores del país no volvieran nunca: ¿demostraría él que esto no era verdad?

Respondió la carta, aceptando la oferta. Echó la carta en el buzón que había delante de la caseta del conserje de la universidad, y al introducirla en su interior, notó que entre Cambridge y él se abría un abismo aún mayor. Aquí no había nada más para él; había sido interesante, pero nada más. Este país pequeño y frío no significaba nada para él.

Estaba relajado.

—Ha sido un día maravilloso, Michael.

—Gracias. —Apretó la mano que el padre de ella le había ofrecido—. De verdad, gracias.

—Ahora eres parte de la familia. No tienes que darme las gracias.

Él ladeó la cabeza ligeramente, agradeciendo el embarazoso cumplido.

—Aun así le estoy agradecido. Y sé que Anne...

El otro sonrió.

—Deberíais recibir a los hijos con buena disposición. Sea como sea, sé que a tu lado Anne estará en buenas manos.

—Descuide.

Miró furtivamente su reloj. El tren saldría en media hora y tendrían que encontrar el número de su vagón, pagar a los mozos y disponer todo lo demás.

—Sí, ya es la hora. —El padre de ella se volvió y le hizo una señal a uno de los criados—. Le diré que avise al chófer. En diez minutos estaréis allí.

Fuera, en las escaleras del ayuntamiento, los invitados se habían alineado para su partida. Muchos de ellos llevaban tiras de confeti que algunos de los niños ya habían empezado a tirar. Él apartó la vista e hizo una mueca de angustia.

—¿Estás lista?

Anne estaba a su lado, vestida con el vestido que él le había ayudado a escoger en Meikles y el sombrero que su madre le había comprado en Salisbury. Le agarró del brazo y le pellizcó juguetona.

—Vamos. —Se volvió hacia su madre, que revoloteaba a su lado. Él nunca había visto ninguna demostración física de afecto entre ellas, pero ahora Anne estaba abrazada a su madre. Se abrazaron, la madre dándole palmadas en la espalda y susurrándole algo.

El padre de ella le sonrió a él con complicidad:

—Una mujer nunca deja a su madre, créeme. Míralas.

Luego ella se volvió para abrazar a su padre. Él vio las lágrimas en sus ojos y el rubor de sus mejillas. Su padre la abrazó con cariño, apartándola de sí al cabo de unos instantes.

—Llegaréis tarde —le dijo—. Recuerda que, de todas maneras, nos veremos dentro de más o menos una semana.

Ella sollozaba.

—¿Estaréis bien? ¿Estaréis bien?

Todos se rieron.

—¡Pues claro, cariño! ¡Qué tonta eres! Siempre hemos estado bien. Siempre.

Después, en el coche, ella se apoyó en él y se besaron. Olía a un perfume que él no conocía —algo caro, exótico—. Le apartó el pelo de la cara y se aflojó la corbata. Ella le tocó el pecho, juguetona.

—Una semana —comentó ella—. Una semana solos, sin nada más que hacer que contemplar las cascadas.

—Formidable —repuso él.

El coche arrancó. Algunos de los invitados estaban todavía agrupados junto a las verjas del aparcamiento; se despidieron con la mano. Dos chicos alargaron el brazo y golpearon con fuerza el techo del coche; él sonrió y los saludó.

La gente miró el coche. Un ciclista se apartó y se puso en el margen de la carretera, un hombre negro, vestido con harapos de color caqui y que llevaba una gastada gorra. Miró hacia el interior del coche, el rostro inexpresivo, y luego desvió la vista de nuevo como si el vestido de ella le hubiese deslumbrado.

Pasados unos cuantos minutos llegaron a la estación. El chófer paró el coche, bajó y con un silbido llamó a un mozo para que cogiese las maletas. Luego se abrieron paso hasta el andén y examinaron la lista del coche cama. A él le resultaba extraño ver sus nombres juntos; ella los señaló, y le tocó el brazo.

—Esos somos nosotros. Marido y mujer. ¡Lo has visto!

Mientras el tren salía de la ciudad él forcejeó con el gran tirador de cuero de una ventanilla del pasillo. Finalmente, la ventanilla de grueso cristal se deslizó y pudo asomarse al aire de la noche. Era fresco y sintió su efecto calmante. Ahora era casi oscuro, y mientras el tren se ladeaba despacio podían verse las luces del alumbrado público perfectamente alineadas, a lo lejos, hacia los confines de la sabana y las llanuras de Matabeleland. El trayecto se alejaba lentamente de la ciudad y pudo ver el fuego de la locomotora a medida que vencían una curva de la vía. Las chispas salían volando de la caldera, revoloteando como luciérnagas en la densa oscuridad de la noche. Más allá había otras ventanillas abiertas y vio las oscuras siluetas de los ocupantes. Dejaría la ventanilla abierta para que el aire fresco entrara, aunque eso significase que entraría polvo de carbón procedente de la locomotora. Llamó antes de entrar en el compartimiento. Cuando entró ella estaba de pie, doblando su vestido y metiéndolo en una maleta.

—¿Puedo ayudarte en algo?

Ella sacudió la cabeza.

—Ya está todo. Te he puesto el pijama en tu cama. Y tu cepillo de dientes está ahí.

¡Qué raras sonaban las palabras! ¿En eso consistiría el matrimonio?; ¿en hablar de pequeñas cosas? «¿Tienes la comida lista?», «No te olvides las llaves», «¿Has visto mi bolígrafo?», etc. ¿Hablarían así? Y si no, ¿de qué más podían hablar?

Se sentó en la cama. ¿Pensaría ella que él ya había dormido antes con alguien? Ella no lo había hecho —de eso estaba seguro—; ellos mismos tampoco habían hecho gran cosa. Ella era virgen, eso lo sabía. La miró; ahora era su mujer. Sus compañeros habían hecho muchas alusiones a esto en la universidad, aunque le había disgustado el tono obsceno y grosero. ¿Qué sería todo eso del pudor, el deseo, la charla? ¿Sería verdad? ¿Cómo sería el sudor de una piel contra otra? ¿Y los movimientos torpes en una cama estrecha para uno e imposible para dos?

Ella le sonrió. Él pudo percibir que ella también tenía vergüenza. Tendría que hacer algo para ayudarla. Miró a su alrededor; la luz... Podía apagarla. Así podrían desnudarse a oscuras y ahorrarse el rubor del otro.

Él se puso de pie y ella dio un respingo.

—Tranquila —le dijo—. No voy a hacerte daño.

Ella se rió.

—No, no pensé que...

Él apagó la luz, pero en lugar de estar totalmente a oscuras entraba un resplandor por la parte superior de la puerta. Seguro que para eso también había un interruptor, pero ¿dónde estaría?

Desayunaron en el oscilante vagón restaurante, viendo pasar el paisaje. Ahora los árboles eran más altos y la sabana mucho más espesa; ya no estaban en tierras de ganado, sino en tierras bravías, en territorio de elefantes. Él se reclinó en su asiento y contempló el sol matutino sobre la bóveda forestal de árboles. Sabía cómo era aquí la sabana. Durante sus tres meses de instrucción militar había patrullado en tierras igual que éstas. Había estado diez días en un campamento desconectado del mundo exterior, cazando para comer, sintiéndose más sucio a medida que pasaban los días, andando al acecho entre la hierba de más de metro y medio de alto en un elaborado juego para *boy scouts* ya crecidos. Y pronto, en el horizonte, sobre el mar de cimas de árboles, vieron el rocío. Él le ofreció a ella su asiento, que tenía mejores vistas, pero la vía empezó a torcer repentinamente y el bosque escapó de nuevo a su mirada.

—Media hora —anunció él—. Como mucho queda media hora.

Ella regresó al compartimiento para hacer las maletas, dejándolo a él en la mesa. Él se sirvió otra taza de café y miró fijamente el mantel. Se sentía aprisionado, era una sensación parecida a la que tuvo la primera vez que lo mandaron a un internado. Su padre lo había obligado a ir y había sido consciente de la absoluta imposibilidad de escapar. Así era como se sentía ahora: una cárcel amurallada y con alambradas de espinas no habría sido más constrictiva. «No esperes disfrutar en la luna de miel —le había comentado con cinismo un colega—. Nadie lo hace.»

Para su alivio, la sensación pasó. Aquella noche, mientras estaban sentados en la terraza del hotel observando los últimos rayos del sol, volvió a sentirse relajado. Otra joven pareja, cuya habitación estaba en el mismo pasillo que la suya, se había unido a ellos para tomar algo a la caída del sol. Él era un ingeniero que trabajaba en la compañía Goldfields; ella trabajaba para un contable de Bulawayo. Al parecer, su presencia hizo de catalizador para Michael, y ella lo notó. «Se encuentra más a gusto rodeado de gente —se le ocurrió—. Es gregario.» No es que eso importara, por supuesto que no, a ella también le gustaba la compañía y estaría encantada de mostrarse sociable. Había pensado que las lunas de miel estaban hechas para la intimidad, pero para eso habría tiempo de sobra en el futuro. Les esperaban años por delante solos, aunque esa tarde le habían asaltado pensamientos morbosos y desagradables. Se había imaginado que él, de alguna manera, moría, aquí en las cascadas, tal vez resbalando en una roca en el bosque tropical, en el borde de uno de los desfiladeros y cayendo al río, a un centenar de metros de distancia. Había leído que le había pasado a una pareja en su luna de miel y podía imaginarse la desolación. Se vio a sí misma volviendo como viuda, a sus padres compadeciéndola, llevando el apellido de un marido muerto y los recuerdos de una vida marital medida en horas. Luchó por desechar estos pensamientos, de la misma manera que cuando tenía diez años había alejado de sí el miedo a la muerte de sus padres.

Estuvieron fuera sentados hasta que los primeros mosquitos empezaron a molestarles. Entonces entraron y se bañaron antes de cenar. Pese a que no habían acordado volverse a ver aquella noche, la otra pareja les llamó con señas para invitarlos a su mesa y ellos accedieron. Ella sintió una ola de indignación por la intrusión, pero la reprimió y se sumó al buen talante de la noche. Pidieron vino; ella notó que se le subía rápidamente a la cabeza, haciendo que se sintiera ligera, casi mareada. A la otra mujer se le puso la cara roja y soltaba risotadas cada vez que su marido contaba algún chiste. Michael tomó cerveza con la cena, bebiendo al mismo ritmo que el otro hombre.

A las diez de la noche eran los últimos clientes que quedaban en el comedor, observados por varios pacientes camareros, demasiado intimidados para protestar por el incremento de su horario de trabajo. Cuando se levantaron para irse, los camareros se abalanzaron sobre el mantel y los vasos vacíos. Volvieron a su habitación y les dieron las buenas noches a sus amigos en el pasillo. Luego, con la puerta cerrada, ella se sacó los zapatos sacudiendo los pies y se tiró en la cama. Él permaneció unos instantes junto a la puerta, como si estuviera indeciso.

—¡Dios mío, qué cansado estoy! Podría pasarme horas durmiendo.

Ella lo miró.

—Pues hazlo. Estás de vacaciones.

Él cruzó la habitación.

—La verdad es que estoy realmente cansado —continuó. A lo que añadió, como si de pronto hubiese tenido una idea—: ¿Por qué no duermo encima de unos almohadones, en el suelo? Así los dos podremos dormir todo lo que necesitemos.

Ella se quedó inmóvil. Durante unos instantes él pensó que ella tenía los ojos cerrados y se había dormido, pero entonces se percató de que lo estaba mirando. Echó la cabeza hacia atrás y se rió.

—No hablaba en serio —le dijo—. Sólo bromeaba.

Ella soltó una risilla.

—Ya lo sé —repuso—. Sé perfectamente que era una broma.

El colegio estaba a unos cincuenta kilómetros de Bulawayo. Había sido construido al final de la década de 1930, en una época de demanda de educación privada por parte de aquellos, que, de lo contrario, se habrían inclinado a enviar a sus hijos fuera del país, a costosos colegios de chicos en el Transvaal o en Natal. Fue claramente construido según el modelo de escuela privada inglesa, y les gustaba contratar hombres de Oxbridge. Después de la guerra, el suministro de dichos graduados disminuyó, mientras que las fortunas de los cultivadores de tabaco y los hacendados aumentaron. La expansión del colegio significó que los graduados de las universidades surafricanas estaban bien considerados; eran la segunda generación de rhodesianos del sur; no obstante, eran unos caballeros, como el director se empeñaba en decir.

La ubicación del colegio se escogió bien. Fue construido en un terreno donado a la primera junta directiva por un acaudalado ganadero que vio el gesto como una posibilidad de asegurarse una educación para un hijo indomable. Había más terreno del que el colegio podía usar, de hecho, había varios cientos de hectáreas de las que se habían arrancado los matorrales, en la falda de una cadena de colinas. Era un sitio fértil, seco y más fresco que las calurosas llanuras que se divisaban desde él. En el momento de la construcción de los edificios plantaron eucaliptos, que ahora prestaban una agradable sombra en el cenit de la estación calurosa. Había campos de deporte, irrigados por el lento río verde que fluía a poco más de kilómetro y medio de distancia de los edificios principales, y una pequeña granja gestionada por los miembros del club agrícola del colegio.

El pueblo más cercano estaba a dieciséis kilómetros, en un promontorio en el que había varias tiendas apiñadas en torno a una intersección en la angosta carretera que, hacia el sur, iba en dirección al Limpopo y la frontera surafricana. Había allí una escuela misional donde trabajaban dos sacerdotes alemanes y varios profesores africanos, y, un poco más adelante, una pequeña mina de oro, la última mina en funcionamiento de la zona. En la sabana que circundaba el propio colegio, estaban aún las viejas instalaciones de las primeras minas, peligrosos y desprotegidos pozos y túneles que se hundían en la dura tierra de color arcilla.

Al casarse Michael abandonó las habitaciones individuales para empleados, unas construcciones bajas, alargadas y bastante parecidas a unas barracas junto a los campos de rugby, y se trasladó a una de las casas destinadas a los profesores nuevos. Era un bungaló, uno de los primeros edificios que se construyeron del complejo, y que el resto del personal consideraba lo peor de la escala de viviendas. El tejado, de planchas de cinc acanaladas, chirriaba ruidosamente cuando el sol matutino lo recalentaba; el baño tenía una vieja bañera con pies, traída de una casa demolida de Bulawayo, que era crónicamente incómoda, y la cocina estaba con regularidad invadida de hormigas. Sin embargo, Anne defendió el bungaló porque tenía personalidad y sorprendió a todo el mundo diciendo que, aunque estuviese disponible otra casa mejor, prefería quedarse allí.

Michael parecía del todo indiferente a esto. Maldecía a las hormigas y les ponía venenos poco efectivos, y odiaba la manera en que el porche dejaba inoportunamente entrar los rayos del sol, pero para él una casa era un lugar donde comer y dormir, y no un sitio en el que ejercitar la imaginación o las emociones. Transformó la habitación que sobraba en un estudio y allí se sentaba cuando tenía que escribir una carta o redactar informes de los alumnos; pero, por lo demás, daba la impresión de que siempre estaba en el colegio o en casa de algún colega.

Anne hizo lo que pudo para crear un hogar. Compró libros de corte y confección e hizo cortinas para las ventanas; cambió algunos muebles por otros que le habían dado sus padres y colgó cuadros que compró en una pequeña tienda de arte de Bulawayo. Eran reproducciones de Constable y Turner, símbolos de la cultura a la que todos ellos sabían que pertenecían y a los cuales debían su presencia allí, en África, pero que parecían tan distantes, de belleza tan inalcanzable en medio del penetrante polvo y bajo la calurosa bóveda del cielo.

Michael apenas se fijó en los cuadros; le eran indiferentes. Su ideal de belleza, si es que alguna vez se había molestado en definirlo, sería un profundo valle con imponentes montañas azules detrás y una gran casa al estilo holandés de El Cabo al pie de la ladera.

Se acomodaron a su vida de casados con dificultad. Anne se mantenía ocupada con la casa y llenaba así sus días, aunque sabía que llegaría un momento en el que todas las cortinas estarían hechas y el salón completamente decorado, y entonces ¿qué? La cocinera africana se ocupaba de cocinar y limpiar la cocina; era impensable que ella asumiera esa responsabilidad. De modo que, ¿qué más podría hacer?

Observó las vidas de las otras mujeres. Podían dividirse en dos grupos, el de las mayores, que pasaban las mañanas bebiendo café juntas y jugando al bridge, y el de las jóvenes, que tenían niños pequeños. Las que jugaban al bridge intentaron que se uniera a ellas, pero Anne no tenía suficiente interés en el juego y le costaba concentrarse en recordar las cartas que se sacaban. Dejó de jugar y pasó el tiempo con las madres jóvenes; pero sus problemas le parecían triviales y desde su punto de vista no hacían sino esperar a que ella se quedara embarazada para compartir sus mismos intereses.

Los domingos eran el peor día. Durante la semana Michael se enfrascaba en sus obligaciones escolares y podía encontrar una razón para ausentarse de casa; la mayoría de los sábados, sus responsabilidades deportivas le mantenían ocupado todo el día con los chicos, a menudo en partidos que tenían lugar fuera, en Bulawayo. Sin embargo, los domingos no había deporte y era una costumbre del colegio que los alumnos se tomaran el día libre en los alrededores de los albergues o animarlos a hacer excursiones de todo el día al campo circundante. Ella se sentaba con Michael en casa, y leían o escuchaban discos, pero él empezaba a inquietarse y se iba a dar un paseo. Ella se ofrecía a acompañarlo, y lo hizo en un par de ocasiones, pero pronto entendió que él quería estar solo. Caminaba delante de ella, y luego, con cara de irritación, la esperaba hasta que le daba alcance. Dejó de ir con él y lo aguardaba en el porche, hojeando una revista o haciendo el crucigrama de *The Bulawayo Chronicle*, pero todo el rato deseando que volviese. Ella necesitaba su presencia, incluso aunque pareciese que a él su compañía le era indiferente. Le gustaba simplemente sentarse y mirarlo, saboreando su indudable gallardía. Pensaba en él como un hermoso animal —un joven león tostado o quizás un leopardo— que había aparecido en su vida y al que había que cuidar. Creía que su actitud distante no era debida más que a su virilidad, al hecho de ser otro, diferente a ella. Ella no tenía derecho a pretender que se calmara como un gato doméstico.

Los padres de ella esperaron a ser invitados antes de viajar a verlos. Los había visto fugazmente a su regreso a Bulawayo después de la luna de miel, pero no estuvo segura de invitarlos a casa hasta pasadas varias semanas. Ahora tenía una nueva vida propia, una vida de adulta, y los recibiría en su casa más como invitados que como padres.

Había dispuesto que viniesen a cenar un sábado y se quedaran a dormir para volver a su casa a la mañana siguiente. Llegaron con el coche cargado de regalos; fruslerías para la casa, trozos de *biltong** de un kudu que el padre había cazado en la finca y objetos de la infancia de Anne: su Biblia con su nombre grabado, su premio de natación, su álbum de ballet. Ella se rió de esos recuerdos de la infancia pero, en su fuero interno, estaba contenta.

Los cuatro se sentaron en el porche para ver el atardecer y beber algo. La conversación giró sobre todo en torno a la casa y el colegio. El

* *Biltong*: Aperitivo consistente en carne desecada que no ha sufrido maduración. *(N. de la T.)*

padre de Anne expuso con todo detalle los proyectos que le habían tocado en suerte como administrador: los nuevos pabellones, la ampliación de los campos de deporte, la casa nueva para el director. Luego, después de cenar, la conversación se orientó hacia amigos de la familia a los que Michael no conocía. Escuchó la cháchara y después, aduciendo cansancio, se fue a la cama.

—Entonces ¿eres una mujer casada feliz? —le preguntó su padre—. ¿Tu nueva vida marcha bien?

Ella evitó su mirada.

—Por supuesto. Todo es tan diferente. La casa, este sitio, todo...

—Pero ¿eres feliz? —insistió el padre.

Su madre intervino.

—¡Pues claro! Lo que pasa es que todo es diferente y nuevo para ella.

—Lo siento —se disculpó su padre sonriendo—. Sólo estaba comprobando que todo iba bien. Siempre me ha gustado asegurarme de que mi pequeña está bien. No creo que eso sea malo.

Se encontró con la mirada hostil de su mujer y luego apartó la vista.

—Lo siento, cariño. No quería entrometerme. Es que somos una familia pequeña y ahora... Te quiero tanto... —Hizo una pausa. En la habitación reinó el silencio. Él tenía las manos entrelazadas sobre el regazo, su mujer miraba hacia el techo. Anne, que estaba sentada junto a su padre, se inclinó y le rodeó los hombros con el brazo.

—Si algo no funciona, te avisaré —le aseguró ella—. No te preocupes. Prometo decírtelo.

Varias semanas después de la visita, él tenía que acompañar a un equipo de rugby del colegio a un partido a Bulawayo. Hasta entonces ella nunca le había acompañado en uno de estos viajes, pero no podía soportar la idea de pasar otro sábado sola, de modo que le pidió que la llevara con él. Hicieron el viaje en coche en silencio; ella dio por sentado que él tenía en el pensamiento el inminente partido, que ya le había anunciado que seguramente perderían, por eso no intentó conversar con él. Al llegar al colegio anfitrión él giró para aparcar debajo de un jacarandá, se volvió y le dijo con frialdad:

—Estoy seguro de que te aburrirás. No es más que un partido de rugby.

Ella notó el resentimiento en su comentario. «Considera que me estoy inmiscuyendo —pensó—. No debería haber venido.»

—Lo sé —repuso ella con indiferencia—; pero hasta el rugby tiene sus momentos.

Él se encogió de hombros y abrió la puerta para bajar del coche.

—Sólo si conoces las reglas. —Silencio—. Y supongo que no las sabes.

Ella sonrió.

—Algunas, sí. *Offsides*, placajes y cosas por el estilo.

Él se alejó del coche.

—Siéntate ahí, si quieres. La gente que venga se pondrá por ahí.

Ella miró hacia la pequeña y desvencijada tarima que estaba colocada debajo de la hilera de árboles que había junto al campo. Se había imaginado que vería el partido con él, sentada a su lado —ésa era la única razón de su venida—, ¿dónde se pondría él? ¿Por qué tenía que irse? El autocar que traía a los chicos acababa de llegar y el equipo bajó del vehículo para dirigirse a los vestuarios. Michael fue con ellos, era el centro de un círculo de admiradores. Ella lo oyó reírse por algo que había dicho uno de los chicos y vio cómo le daba una palmada en la espalda a otro en un gesto animador; exclusión.

Durante el partido él se sentó en cuclillas junto a la línea de ensayo, gritando a su equipo, exhortándolo. Le lanzó una mirada fugaz durante el descanso, y la saludó fríamente con la mano, pero eso fue todo. Ella procuró concentrarse en el juego, aunque sólo fuera para poderle decir algo a él tras el partido, pero le resultaba ininteligible. Concluyó que el equipo de su marido perdía, ya que la mayor parte del tiempo la pelota parecía que estaba en posesión del equipo contrario, pero ignoraba el marcador.

Al finalizar ella bajó de la tarima y anduvo hasta donde estaba él, con un pequeño grupo de profesores de su colegio y del colegio contrario. Cuando él vio que ella se acercaba frunció las cejas y se apartó de sus compañeros.

—Bueno, ¿qué te ha parecido? —preguntó con displicencia.

—Siento que hayamos perdido. Los chicos lo han hecho lo mejor que han podido.

Él soltó una risotada.

—No hemos perdido; hemos ganado.

Ella hizo una mueca de contrariedad.

—Y yo que pensaba que estaba empezando a entenderlo. ¿Estás seguro de que hemos ganado?

—¡Pues claro! —Miró su reloj y echó una mirada a sus colegas.

—¿Iremos directamente a casa? —preguntó ella—. Me preguntaba si nos íbamos a quedar a cenar en Bulawayo. Tal vez podríamos ir al Princesa a ver una película. Podríamos mirar qué dan.

Él clavó la vista en el suelo.

—Bueno, verás..., yo más bien había pensado en hablar del partido con esos colegas de ahí... —Señaló en dirección a sus compañeros—. Iremos un rato al pub. Quizá podrías... podrías ir a ver a los Marshall. Seguro que están en casa; siempre están.

Ella se quedó sin respiración. Entonces preguntó:

—¿Estarás mucho rato?

A él se le iluminó la cara y dijo:

—No, puede que una hora o algo así.

Ella notó que la rabia crecía en su interior; se le anudó la voz en la garganta al preguntarle:

—¿Y cuándo paso a recogerte?

Él pensó durante unos instantes.

—Tengo una idea. ¿Por qué no te vas tú a casa cuando quieras? Me parece que eso es lo más sencillo, ¿no? Yo ya volveré con Jack o algún otro colega.

Él la miró esperanzado. Ella dudó unos segundos, durante los cuales vio que él se preparaba para enseñar las uñas. No valía la pena hacerle frente.

—De acuerdo. Muy bien, si eso es lo que quieres.

Era como un niño al que acabaran de darle la tarde libre. Se inclinó hacia delante, la cogió suavemente de los hombros y le dio un beso. Ella notó sus labios sellados en su mejilla; carecían de pasión. Notó el embriagador aroma de la crema de afeitar; la ligera presión de sus manos a través de la tela del vestido. Y, detrás de él, la hilera de árboles cuyas copas se mecían con la cálida brisa y los jugadores con sus vistosos colores.

Ella volvió al coche. Abrió la puerta metiendo con torpeza la llave en la cerradura; le temblaban las manos y respiraba entrecortadamente, pero contuvo las lágrimas que sabía que derramaría en cuanto dejara que afloraran. De todas maneras, ahora él ya se había vuelto, pero había otras personas alrededor. Vio a los chicos tirándose unos a otros una pelota de rugby, y se dio cuenta de que los odiaba. Eran groseros, agresivos, imperfectos; les rezumaba una cualidad que a ella le parecía físicamente repugnante. No entendía cómo alguien podía encontrar deseable a un adolescente —y sabía que a algunas mujeres les pasaba—; para ella eran criaturas toscas, amenazantes, salvajes.

Cuando llegó a la granja ya hacía una hora que había oscurecido. Vio las luces de la casa al descender por la colina que había sobre el *vlei* y pisó el acelerador, haciendo que el coche traqueteara violentamente sobre las estrías que, a causa de la lluvia, habían aparecido en la superficie erosionada del camino. Al acercarse a la casa su padre salió por la puerta principal con una gran linterna en la mano. Enfocó hacia la puerta abierta del coche y luego fue a su encuentro.

—No ha pasado nada, ¿no?

Ella bajó del coche y se apartó el pelo de la frente. Sintió el fino polvo blanco del camino en su piel, una sensación de picor que le hizo anhelar un baño.

—No.

Su padre alumbró el coche para ver si venía alguien con ella. No dijo nada, pero la pregunta flotó en el aire que había entre ellos.

—Michael está en Bulawayo con el equipo —explicó—. Estaba un poco atareado y se me ha ocurrido venir a veros. Me quedaré a dormir y mañana me iré.

Su padre se relajó.

—Entiendo. Bueno, ya sabes que a nosotros nos encanta que estés aquí. Quédate todo el tiempo que quieras.

Ella comprendió que la invitación significaba más de lo que decía;

que él le estaba diciendo que, si quería dejar a su marido, sería bienvenida a casa. Durante unos instantes le dolió la insinuación de que su matrimonio había fracasado. Entonces vio a su madre emergiendo por la puerta y, muy fugazmente, se los imaginó solos en la laberíntica casa, sin nada más que hacer por las noches que pensar en su hijo fallecido y en la hija a la que veían una vez al mes.

No dijo nada más acerca del motivo de su presencia. Dudaba que sus padres hubiesen aceptado la explicación, pero eso daba igual; fueran cuales fueran sus dudas, tendrían que permanecer sin verbalizar. Eso se ajustaba a la relación que ella tenía con ellos, que nunca había evolucionado para convertirse en una relación adulta en la que se trataran de igual a igual. Ella les había ocultado cosas desde pequeña y ahora seguía haciéndolo. Ambas partes lo sabían, y ambas deseaban poder hablar entre sí, pero aceptaban la aparente imposibilidad de intimar.

Ellos ya habían cenado, pero se sentaron con ella mientras cenaba en el comedor. Hablaron de su casa, de las mejoras que había hecho, de amigos de la familia —sobre los que no había nada nuevo que decir, dado que, en realidad, nunca pasaba nada— y de los acontecimientos de la granja. Era una conversación que ya habían sostenido con anterioridad, y que volverían a mantener en el desayuno. Ella sabía que a su padre le habría gustado hablar de política, discutir el último discurso de Welensky o especular sobre qué haría Whitehead, pero a ella esos temas le importaban muy poco y no podía decir nada que a él le pareciese interesante.

Después de cenar no había nada que hacer salvo tomar un baño y acostarse. Casi media hora permaneció dentro del agua caliente y turbia procedente de los depósitos de agua pluvial, preguntándose qué pensaría él cuando llegase a casa y la encontrase vacía. Se le ocurrió que tal vez pensaría que ella había sufrido un accidente y que debía telefonear a alguien para que dejara una nota en la puerta, pero decidió que no. Ahora era una cuestión de orgullo; le dejaría con la duda, lo castigaría.

Volvió al día siguiente por la tarde, ansiosa de saber qué le diría él, pero dispuesta a defenderse. A ella no le gustaba el enfrentamiento, prefería transigir o ceder, pero en esta ocasión estaba lista para pelear.

Había ensayado mentalmente lo que le diría; si él le lanzaba acusaciones, bueno, ella respondería.

Estacionó el coche junto al lateral de la casa y entró por la puerta trasera. No había ni rastro de él en el salón ni en el dormitorio. La cama estaba deshecha y su armario abierto, pero, por lo demás, no había indicios de su paradero. Era domingo y él no tendría nada que hacer en el colegio. Se preparó un té y se lo bebió en el porche. Ahora empezaba a preocuparse; ¿la habría abandonado?

Se acabó el té y decidió ir a preguntarle al matrimonio de la casa de al lado si lo habían visto. El recibimiento que le dispensaron fue anormal. Había algo inusual en la actitud de su vecina, un elemento de sorpresa, quizás, o incluso de cautela.

—Se ha ido a dar un paseo —le dijeron—. O eso creo.

Ella se sintió aliviada.

—Ya veo.

Tuvo la sensación de que debía darles una explicación.

—Anoche estuve fuera. Estuve en Bulawayo o, mejor dicho, fui a casa de mis padres.

Su vecina titubeó.

—¿No estuviste con Michael?

—No, ya te he dicho que estuve en la granja. —Ahora supo que algo había pasado. Lamentó haberse enfadado; ahora sólo le preocupaba él. ¿Un accidente?—. ¿Ha pasado algo?

La vecina parecía incómoda.

—Sí —respondió—. Me imagino que salió con Jim y con Paul, y...

—¿Se emborracharon? —Eso no era grave; todo el mundo bebía, a menudo demasiado.

La vecina prosiguió:

—Hizo más que eso. Al volver se trajo una caja de cervezas y se la dio a los chicos.

Anne se rió.

—¿Eso es todo? —Su vecina la miró sorprendida.

—¿Cómo que si es todo?

—Sí, que no ha agredido a nadie ni nada parecido.

La otra mujer se encogió de hombros.

—Tal vez a ti te parezca una tontería, pero el director está furioso. Los chicos bebieron. El director los oyó gritando como locos. Antes de que pudieran pararlos ya habían activado dos extintores.

Lo oyó dirigiéndose a su estudio. «Debe de saber que estoy en casa —pensó—. Seguro que ha visto el coche.» Durante unos instantes permaneció donde estaba, en el salón, y luego, obedeciendo a un impulso, se levantó y fue al estudio. Estaba sentado frente a su escritorio, jugueteando con un lápiz. No la miró mientras ella cruzaba la habitación para ponerse a su lado y rodearle con el brazo.

—Bueno, pues aquí estamos.

Él no contestó. Tenía un lápiz en las manos que continuaba examinando.

—Lo siento, Michael. De verdad que lo siento.

Él manoseaba nerviosamente el lápiz; después, con tranquilidad, le preguntó:

—¿Dónde has estado?

—En la granja. Me fui allí porque me dio la impresión de que te estorbaba. —Hizo un alto—. Siento haberme ido; no era mi intención que te preocuparas.

La voz de Michael no sonaba enfadada.

—Estoy metido en un lío —comentó al cabo de un rato—. Se va a armar una buena bronca.

—Me he enterado por Joan; ya me lo ha contado. —Hizo una pausa—. Por si te interesa mi opinión, esto parece una tempestad en un vaso de agua.

—El director probablemente me dirá que me vaya; ya sabes cómo es.

Ella se había preguntado si eso pasaría, pero concluyó que incluso un hombre tan rimbombante como el director seguramente le daría otra oportunidad. ¿Qué importancia tenía que unos chicos hubieran bebido unas cuantas botellas de cerveza? En sus casas lo hacían constantemente. Robaban botellas de las despensas, tomaban una copa a medias con sus padres. El país entero dependía de la cerveza fría en los meses calurosos.

Ella no dijo nada más y se quedaron ahí durante varios desagradables minutos, el brazo de ella descansando sobre el hombro de él. Entonces, al principio casi imperceptiblemente, ella notó que él se liberaba de su brazo.

Aquella noche él fue a casa del director, consciente de que unos ojos lo observaban y —sospechaba— se regodeaban al contemplar su malestar. «Me siento como un niño al que van a castigar», pensó.

La atmósfera, no obstante, fue de cordialidad.

—Lamento mucho lo que ocurrió ayer noche.

El director se quitó las gafas y las limpió innecesariamente.

—Yo también. Fue..., bueno, me temo que sólo puede calificarse de bochornoso.

—Lo sé. Bebí demasiado en Bulawayo.

—Eso lo entiendo. Pero no se trata tanto de eso como de los chicos, de cómo van a respetarte después de lo que ha pasado.

Él se dio cuenta de que esto revelaba la decisión del director: despido.

—Es difícil seguir en el puesto después de que uno se haya visto comprometido —continuó el director—. Los chicos notan la vulnerabilidad.

«Como usted», pensó él. Y entonces, súbitamente alarmado, se percató de lo que significaría el despido. No podría trabajar en Bulawayo y probablemente tampoco en Salisbury; era un país demasiado pequeño para dejar que la gente volviera a empezar. Tendría que implorar tranquilidad; necesitaría la compasión de este hombre.

—Verá, lo siento mucho; es que todo ha sido muy duro para mí.

El director enarcó las cejas.

—¿Duro? Francamente, eso me sorprende. Todo te va bien: tienes un buen trabajo, buenas perspectivas, una mujer encantadora. —Había en su rostro una expresión de desdén; había detectado la autocompasión y no la había aceptado.

—Se trata de mi matrimonio. Las cosas han sido un poco difíciles.

El director titubeó.

—¿Qué quieres decir? ¿Que has tenido problemas matrimoniales?

—Sí —respondió él.

—Todos tenemos momentos mejores y peores —explicó el director—. Eso es normal. Hay que echárselos a la espalda. —Hizo un ligero gesto hacia atrás con la mano—. Prácticamente en todos los matrimonios hay problemas de una u otra clase. Forma parte de la vida.

La conversación no se desenvolvía como él quería. Reflexionó unos instantes y dijo:

—Es peor que eso. Verá, es que no puedo hacer el amor con mi mujer. Mi matrimonio no se ha consumado.

El hombre permaneció momentáneamente impertérrito, pero pasados unos segundos perdió la compostura. Parecía desinflado, como si lo hubieran desarmado por completo.

—Vaya, muchacho... Pues lamento mucho oír esto. Verás... En ese caso... —No acabó la frase.

«Esto está fuera de su campo de experiencia», pensó Michael. Era el dueño de la situación.

—No es físico, no sé si me entiende. Es sólo que hay algo en mí, algo mental. Supongo que es un problema psicológico.

—Comprendo. —Apartó la vista y permaneció en silencio. Se acercó a la ventana, dibujó algo en el polvo del alféizar y volvió—. Supongo que eso cambia las cosas. Debes de estar... debes de estar sometido a un estrés considerable, porque una cosa así...

—Sí, lo estoy.

Contuvo la respiración y miró directamente a Michael, todavía luchando contra el desconcierto pero recordando ahora el objetivo del encuentro.

—Estoy dispuesto a pasar por alto lo de anoche —anunció— siempre y cuando hagas algo para intentar arreglar tus problemas. ¿Qué me dices de un médico? ¿Has hablado con alguno?

—No. —Y al decirlo era consciente de que ni siquiera había hablado del asunto con su mujer.

—Bueno, pues da la casualidad de que conozco a alguien en Bulawayo. —De nuevo controlaba la situación, orquestando, manejando, como se espera que haga un director enfrentado con una crisis—. Es un experto en... problemas nerviosos. Le llamaré. Estoy seguro de que querrá verte. Es el doctor Leberman. Un tipo encantador. Judío. Muy astuto.

No le dijo nada a Anne del encuentro más que sus disculpas habían sido aceptadas y el incidente olvidado. No mencionó al doctor; nunca habían hecho alusión a su fracaso como marido ni el fracaso había sido reconocido. Ella había intentado hablarlo con él a la vuelta de las cascadas simplemente para decirle que si había algo que ella estuviese haciendo mal, si podía ayudarle en algo..., pero él había abandonado la habitación. Desde entonces ella había hecho lo mismo que él y aquello se había convertido en una especie de cáncer no reconocido: no se mencionaba, pero el tumor maligno seguía ahí, creciendo.

Él se arrepintió de lo que le había confesado al director casi de inmediato. Al repasar mentalmente los angustiosos minutos vividos en el despacho de su jefe, le chocó lo absurdo del resultado. Si había sugerido en serio lo del médico de Bulawayo, quería decir que se trataba de una sentencia condicional. Se sentía como si lo hubieran acusado de un delito, pero le hubiesen dejado libre a cambio de someterse a un tratamiento. Había leído que eso era lo que hacían en los tribunales con los *voyeurs* o los exhibicionistas; el lamentable y patético delito era condonado a cambio de repugnantes electrochoques o medicamentos supresores de la libido. Y él había aceptado.

Había tomado la decisión de no ir, pero le llegó una nota con un número de teléfono y una dirección, y casi sólo por curiosidad, había llamado para pedir hora. La recepcionista, que hablaba con ese acento entrecortado y monótono de Johannesburgo, le dijo que el doctor podía verle la semana siguiente.

A medida que el día de la visita se acercaba fue poniéndose más nervioso. Aquella mañana se despertó a las cinco, corrió al cuarto de baño y vomitó. Se inclinó sobre el váter, las rodillas sobre las frías baldosas de piedra del suelo, el olor a fuerte desinfectante en su nariz. «No tengo por qué hacerlo; no tengo por qué contárselo a nadie. Puedo mentir. Puedo seguir mintiendo.»

A pesar de todo hizo el viaje y aparcó el coche en Borrow Street, donde el equipo médico tenía su consulta. Dudó al pasar por delante de la sala de cirugía. Sería más fácil no pasar de ahí, salir del edificio e irse al bar del hotel Selbourne, pero decidió llamar al timbre. No iba a perder nada por ver al menos a este tal doctor Leberman.

Una vez dentro, lo acompañaron a una pequeña sala de espera donde permaneció diez minutos sentado hasta que se abrió una puerta y el doctor Leberman le invitó a entrar en su despacho. El doctor era un hombre un poco grueso, de pelo gris, y llevaba unos anticuados quevedos. Le señaló a Michael una silla que había junto a su mesa y le invitó a sentarse. «No hay ningún diván», pensó Michael.

El doctor sonrió mientras se sentaba y empezó la visita con preguntas sobre el colegio y el trabajo de Michael. Formulaba las preguntas como si tal cosa y éstas producían un efecto apaciguador. Michael las contestó como si estuvieran conversando, sin darse apenas cuenta de la dirección que iban tomando sus propias experiencias y sentimientos. Al término de la hora de sesión Michael estaba cómodo en compañía del doctor y hablaba con bastante franqueza. Sin embargo, nada se dijo acerca de la razón de la visita; en su opinión aquello no había sido más que una charla especialmente agradable.

Se encontraron a la semana siguiente, y también dos semanas después. En la segunda sesión se aludió al problema de Michael, pero aún muy de pasada. Michael se fijó en que el doctor estaba atento a todo, usaba sus propios eufemismos y no se refería directamente a lo que realmente le había llevado al despacho del terapeuta. Hablaron de su «ansiedad» y sus «problemas matrimoniales», pero sin especificar más.

En la tercera sesión, sin embargo, Michael tuvo la sensación de que algo había cambiado entre ellos. El doctor Leberman parecía menos interesado en las generalidades que les habían ocupado con anterioridad y empezó a hacerle preguntas más directas, sondeando más. Quería saber qué sentía por Anne. ¿La encontraba atractiva? ¿Anhelaba su compañía cuando estaba lejos de ella? ¿Qué esperaba de ella en el matrimonio? Naturalmente, Michael no tenía respuestas a estas preguntas o, al menos, no tenía respuestas que, al parecer, satisficieran al doctor Leberman. Sí, la encontraba atractiva, pero incluso al afirmar esto se percató de que su contestación carecía de convicción.

El doctor Leberman se dio cuenta de su titubeo y permaneció tranquilamente sentado esperando una elucidación.

—Es una mujer muy atractiva. La gente suele decírmelo, soy afortunado. —Vaciló; le dio la impresión de que debía decir algo más—. Y también tiene muy buen tipo; está en forma.

—¿Y le atrae sexualmente?

—¡Pues claro! —De nuevo el silencio con la mirada comprensiva y penetrante del doctor clavada en él. Michael era consciente de que el doctor sabía que mentía.

—Y, sin embargo, no puede hacer el amor con ella.

—No. —Era la segunda vez que lo admitía, pero en esta ocasión no había sido por desesperación, como en el despacho del director. Había sido un reconocimiento categórico, como el de una persona admitiendo un error.

—¿Y cree que podría hacer el amor con cualquier otra mujer?

Michael se levantó. Durante unos instantes el doctor Leberman pareció preocupado, pensaba que su paciente iba a largarse del despacho, pero sólo se acercó a la ventana. Se quedó ahí, de pie, mirando la calle que había abajo. Estaban en un quinto piso, cerca del ático, y debajo de ellos la larga calle desembocaba directamente en los contornos parduscos de la ciudad. Su voz fue casi inaudible, pero lo bastante alta para que el doctor oyera la respuesta:

—No, la verdad es que no.

Le contó a Anne que pasaba esas tardes en la biblioteca de la ciudad preparando nuevas asignaturas para el curso próximo. Ella no le creyó; no había apuntes por ninguna parte ni le explicó en qué consistían tales asignaturas. Sabía con seguridad que sus intereses no eran intelectuales, que como más disfrutaba era siendo profesor de educación física y que para él el resto de sus obligaciones eran pura rutina. Enseguida dio por sentado que viajaba a Bulawayo porque tenía una aventura, y que la pasión que a ella le negaba la dirigía a otra parte. Se imaginó que pasaba las tardes en un hotel de la ciudad con alguna mujer aburrida de uno de los barrios ricos, quizás una mujer casada que se deleitaba con su encantador juguete.

Las sesiones con el doctor Leberman no produjeron ningún cambio en la relación de Michael con su mujer. Eran educados el uno con el otro, aunque saltaba a la vista que él se aburría. Hablaban, pero sólo superficialmente, y su cama era tan árida como siempre. Él no le dio ninguna explicación ni mostraba ternura alguna; y ella, dolida, se recluyó en su propio mundo, rechazando la compañía de otras mujeres y dedicando todo el tiempo a leer o a escuchar la radio, y a empezar pero raramente acabar cartas dirigidas a sus compañeras de colegio, con las que hacía mucho tiempo que había perdido el contacto.

Empezó a creer que la causa de su infelicidad era ella misma, que la culpa la tenía ella porque era fría. Examinó su rostro en el espejo del dormitorio y escudriñó su cuerpo desnudo en el cuarto de baño. ¿Qué había de malo en ella? ¿Por qué no podía excitar a su marido? Concluyó que era fea y arrambló con el mostrador de cosméticos de unos grandes almacenes de la ciudad, invirtió dinero en ropa e hizo gimnasia en el suelo del baño para adelgazar. Pero, al parecer, la grasa seguía acumulada en su cuerpo. Tenía los pómulos demasiado hundidos, sus ojos no tenían la forma adecuada, sus pechos eran demasiado pequeños; el clima le secaba la piel.

Lentamente, a medida que crecía en su mente la certeza de la descubierta aventura de Michael, empezó a pensar que la única esperanza que tenía para alejarlo de su amante de Bulawayo era conseguir que tuviera celos. Se buscaría un amante. Tendría una aventura. Dejaría que él lo intuyera, que lo dudara, y luego no se molestaría en esconderlo. A él eso le horrorizaría; como a todos los hombres. Para Anne la idea de un amante tenía una atracción añadida. Le atormentaba pensar que ella, una mujer casada, era todavía virgen. Si su inexperiencia era la causante de su matrimonio asexual, le pondría remedio. Ganaría experiencia y con ella atraería a Michael de nuevo.

No habló del tema con nadie. En primer lugar porque era una cuestión de orgullo, aunque ella sabía que no era culpa suya. Pero habría quien no pensara así. Si un marido no hacía el amor con su mujer, normalmente era porque no la encontraba atractiva. Tenía la culpa la mujer. Ella lo inhibía, le quitaba las ganas, hacía algo indebido; ella era la culpable. Era así como pensaba la gente; era eso lo que pensarían de su matrimonio. E incluso aunque él tuviese una aventura —que era lo más probable—, la gente pensaría que él se veía con otra mujer por algo que ella había hecho. Hacía demasiado poco tiempo que estaban casados como para que se tratase de otra cosa.

De modo que se lo guardó para sí hasta que ya no pudo soportar la carga. Necesitaba hablar de ello, confesarlo, asegurarse de que era él quien tenía el problema y no ella. Recurrió a una vieja amiga. Habían ido juntas al colegio y, aunque la había visto poco desde la boda, la amistad siempre había sido estrecha y relajada. Habían hablado de novios con anterioridad; no había nada que no pudieran compartir.

Quedaron para comer. Su amiga, Susan, había escogido el restaurante entre las pocas opciones posibles —la última planta del hotel Victoria, un insípido edificio marrón que era lo mejor que la ciudad ofrecía—. Se sentaron a una mesa junto a una ventana desde la que tenían vistas de la ciudad y las llanuras de la lejanía. Susan habló con efusividad, como hacía siempre que se veían, y le hizo preguntas. ¿Cómo era la casa? ¿Había comprado ya las cortinas? ¿Se había llevado algún mueble de la granja? ¿Le gustaba a Michael el trabajo? ¿Cómo eran las demás mujeres?

Ella respondió con el mayor entusiasmo que pudo. Describió la casa y los arreglos que le había hecho, a lo que Susan asintió aprobatoriamente, y le contó algunas menudencias sobre las otras mujeres, lo que provocó la risa cómplice de Susan.

Y luego se detuvo. El camarero había traído dos platos de pechuga de pintada y empezaron la delicada tarea de separar los pequeños trozos de carne oscura de los diminutos huesos.

Entonces dijo:

—Quería hablarte de algo en concreto; en realidad, se trata de un pequeño problema.

Susan alzó la vista; notó que el tono de su voz había cambiado.

—Sabes que puedes hablar conmigo. Te escucho.

Ella titubeó, dejó el tenedor y el cuchillo, y se lo contó, buscando las palabras para expresar lo inexplicable.

—Michael... Michael no me presta mucha atención, ya sabes. De hecho, nuestro matrimonio es un fracaso total en la cama.

Observó la expresión de su amiga. Susan se había ruborizado, pero se tranquilizó. Aunque estaba impresionada; se le notaba.

Durante unos instantes ninguna de las dos dijo nada. Y, luego, como si de dos hermanas se tratara:

—¿Te refieres a que no lo hace muy bien? ¿Es eso? Verás, les pasa a muchos hombres al principio. Entre nosotras, Guy es un poco rápido la mayoría de las veces, de hecho, todas las veces. Es que no entienden... No pueden evitarlo.

Ella sacudió la cabeza.

—Es que ni siquiera es rápido. No hay nada de nada.

Susan no estaba preparada para oír esto y, casi boquiabierta, miró fijamente a su amiga.

—Pues debería ir a un médico. A lo mejor así consigue...

—No es eso. Sé que puede. Verás... —Hizo un alto—. Será mejor que te lo explique bien. Antes de casarnos no llegamos hasta el final, por decirlo de alguna manera, pero sé que puede...

—Entonces, ¿no quiere? ¿Nunca?

—Nunca.

Ahondaron en el tema, hablaron sin reservas. Hubo lágrimas —Anne no pudo contenerse—, pero los comensales de las mesas vecinas no notaron nada. Su amiga le pasó un pañuelo y al cabo de unos minutos pudo continuar. Susan le acarició la muñeca y luego le cogió de la mano con suavidad mientras afloraba el alivio de la confesión.

Ella explicó que no podía hablarlo con él; que, si surgía el tema, abandonaba la habitación; que él fingía que el problema no existía. Y en cuanto a si todavía lo quería..., sí, lo quería, aunque estaba frustrada y enfadada con él.

Después hablaron de su supuesta aventura y Susan le dijo que, en su opinión, era probable.

—Los hombres no saben funcionar sin sexo —comentó—. Simplemente no saben. Lo obtienen de la manera que sea. Es muy probable que se vea con alguien. Averigua quién es.

Anne dijo:

—No quiero. No quiero involucrarme en nada de todo esto. Sólo quiero que se fije en mí.

—Pues búscate un amante. Y haz que se entere. Fuérzale a escoger.

Se sintió aliviada de que a su amiga se le hubiera ocurrido la misma solución que a ella; se sentía respaldada. Y Susan podía ayudarla. Podía conseguirle a alguien que encajara con ella, conocía a un montón de hombres en Bulawayo, solteros. Su marido y ella eran socios de un club en el que había cientos de miembros solteros. Ellos la ayudarían.

El doctor Leberman dijo:

—Verá, su situación es muy difícil. No es fácil tratar un asunto como éste.

Él miró al doctor, momentáneamente irritado por su costumbre de pasarse el bolígrafo recubierto con oro de una mano a otra mientras hablaba. Llevaban más de media hora dando rodeos, pensó él. Y siempre las mismas conversaciones vagas, las preguntas extrañas, los tanteos, las insinuaciones veladas.

—Pero se supone que usted está capacitado para hacerlo, ¿no?

Lamentó el tono del comentario, la petulancia, y empezó a disculparse, pero el doctor Leberman desechó la disculpa.

—No tenga miedo de hablar. Es mucho mejor que lo haga. No, lo que quería decir es que es un asunto muy complejo tratar sentimientos de esta naturaleza. Están profundamente arraigados en la psicología del individuo. Hay gente que necesita años de psicoanálisis.

—¿Y yo?

El doctor Leberman sonrió.

—Por lo que he visto, tal vez también. Pero yo no soy psicoanalista. No comulgo con el Diktat de Viena. Lo único que quizá pueda hacer sea detectar el problema y que usted mismo le haga frente. O tal vez intentar que aprenda a vivir con ello.

—¿Podría hacer eso?

El doctor miró al techo. Dejó el bolígrafo.

—Me imagino que no sería fácil. Verá, el problema está en su desarrollo psicosexual y esas cosas son muy difíciles de desentrañar. Probablemente tenga que ver con la manera en que reaccionó a sus impulsos sexuales más tempranos. Pero, en realidad, habría que ahondar en eso con detalle y aun así es posible que no pudiese ayudarle. Por cierto, ¿quiere hacer el amor con su mujer?

Era una pregunta que no le había formulado antes y le costó contestarla. Sin embargo, tras el titubeo respondió con naturalidad.

—No, no quiero.

Iba en contra de todas las normas que se había impuesto, pero el doctor Leberman suspiró.

—Pues ahí lo tiene —concluyó—. Es eso. Para empezar podría preguntarle por qué se casó, pero no lo haré todavía; mientras tanto, tal vez debería preguntarse si quiere que haga algo por usted. Porque no sé si puedo hacer que desee a las mujeres, ¿me entiende? A lo mejor puedo ayudarle a comprender por qué no las desea. En el caso de que eso sea cierto, pero no necesariamente a cambiar sus verdaderos impulsos.

—Me da la impresión de que no tengo impulsos o, al menos, no de esa clase.

—¿Está seguro? Porque todo el mundo los tiene. Lo que pasa es que tal vez los haya reprimido.

Permaneció callado, evitando la mirada del doctor.

—Pues no soy consciente de tenerlos; no creo que...

El doctor Leberman cabeceó, casi enfadado.

—Sí lo es. Pero los rechaza, eso es todo. Se engaña a sí mismo y, ya puestos, a mí también. —Hizo una pausa, dejando que las palabras hicieran mella. A veces era preciso ser franco, pero había que ir con cuidado. La gente era delicada y, si no se extremaba el tacto, uno podía echar abajo el castillo de naipes.

—¿Y cuáles son mis impulsos?

Era el mismo tono desafiante que el doctor ya había oído antes, y era una buena señal. Podía comprometerlo y, sin embargo, si le decía lo que pensaba, lo perdería. Él se enfadaría, quizá le heriría de verdad.

—Preferiría que reflexionara usted mismo sobre ellos y me lo contara —repuso con tranquilidad—. Si le digo lo que pienso en este punto, tal vez se enfade. Es posible que me equivoque. Y, de todas formas, es mejor que se acepte como es profundizando en las cosas por sí mismo. Yo como mucho puedo guiarlo.

Habían llegado a un callejón sin salida temporal. El doctor Leberman consultó su reloj y Michael entendió la señal. Se puso de pie.

—¿Querrá verme la semana que viene?

El doctor Leberman asintió mientras anotaba algo en su diario.

—Piense en lo que hemos hablado hoy. A ver si quiere decirme algo. Tal vez no. Ya veremos.

Salió del edificio apresuradamente, como siempre hacía, bajando aprisa las escaleras frontales, con la cabeza doblada para que nadie lo reconociera. Podían haber otras razones para estar allí, otras razones que no tenían por qué ser visitar al psiquiatra; pero para él sólo un nombre resaltaba en la placa donde estaban perfectamente grabados los nombres de los médicos.

Era sábado, casi la hora de comer, y las tiendas de la ciudad estaban cerrando para el fin de semana. Se dirigió a su coche y abrió la puerta. Una ola de calor le recibió y esperó unos minutos antes de acomodarse en el asiento del conductor. El volante quemaba al tacto, tendría que aguantarse hasta que arrancara.

Este fin de semana no tenía obligaciones escolares; por lo que estaba libre. Podía volver a casa y ver uno de los partidos de críquet o quedarse en la ciudad. Podía ir a comer, ver una película, hacer lo que quisiera. Se sentía libre; por el momento había escapado del doctor Leberman y su inquisición, y su tiempo era suyo. Podía dar rienda suelta a sus impulsos, como les llamaba el doctor Leberman. Podía hacer lo que quisiera. ¿Por qué no?

Sonrió al pensarlo. Comería, iría al cine y luego a un bar. Siempre podía encontrarse con amigos e irse después a tomar una copa con ellos. Quién sabe si se alargaría toda la noche; podía quedarse en la ciudad.

Eligió una película. En el cine hacía fresco, y saboreó el nostálgico olor a palomitas con mantequilla y a terciopelo que parecía que flotaba en el aire de estos sitios. Le gustaba la oscuridad, la intimidad del lugar; la suspensión temporal del tiempo y la realidad.

Luego, al finalizar, dejó el coche donde lo había estacionado y se fue andando hasta el hotel Selbourne. Allí había un bar al que iba en ocasiones y en el que normalmente había algunas caras conocidas. Eran hombres con los que no tenía nada en común; hombres que vivían en casas de ladrillo de los suburbios con hélices de madera encima de la repisa de la chimenea del salón, los trofeos de un tiempo de guerra; agentes inmobiliarios que habían dejado a sus familias para ir a tomar una copa nocturna; hombres divorciados con arrugas de preocupación y desencanto alrededor de los ojos; deportistas fanfarrones. Pero había una agradable camaradería entre estos fumadores empedernidos de barriga cervecera con la que él se deleitaba. Su pasado, y Cambridge, le habían alejado de esto irremediablemente, pero ésta era la realidad de Bulawayo.

Bebió varias cervezas, que le achisparon y le hicieron sentirse cómodo. Después se fue, volvió hasta su coche y condujo en dirección a la estación de ferrocarril. Ahora estaba oscuro, y las calles estaban iluminadas. No obstante, había gente, gente que paseaba sin rumbo fijo, unos cuantos blancos mirando escaparates con un grupo de niños aburridos pegados a ellos; africanos en bicicleta; gruesas campesinas de la sabana, que masticaban caña de azúcar y charlaban, y que llevaban niños atados a la espalda con vendas de tela.

Aminoró la marcha y luego estacionó en una plaza de aparcamiento que había en el lateral. La calle no le resultaba familiar, ya que estaba alejada del centro, y las tiendas que había aquí eran para el comercio africano. Vendían mantas, bicicletas, maletas de cartón barato. Era la zona de los comerciantes indios, que se colocaban de pie frente a sus puertas, masticando areca mientras sus mujeres, ataviadas con saris, iban y venían en el interior, controlando a los rateros y reprendiendo a voces a los empleados negros.

Él bajó del coche y empezó a descender por la calle, mirando inútilmente la barata mercancía. Y, entonces, de repente, ella estaba a su lado. Había salido por alguna de las puertas sin que él la viera.

Le dijo:

—Hace una noche bonita, ¿verdad?

Él la miró. Era una mujer de color, pero más blanca que negra, pensó. Hablaba con esa cadencia nasal que caracterizaba siempre a esa gente; un curioso tono con altibajos.

Él respondió:

—Sí.

Ella le sonrió. Él se fijó en sus facciones, impresionantes, preciosas, pero se había puesto pintalabios rojo, lo que estropeaba el efecto. Nunca sabían dónde parar; ése era el problema. Llamaban demasiado la atención.

—¿Tenías pensado hacer algo ahora mismo? —le preguntó ella—. ¿Te apetece una taza de café?

Él se detuvo. Había sido tan directo, e inesperado, pero se preguntó qué diría la gente. Era una bonita forma de plantearlo; una insinuación, pero en forma de una invitación social. Esto no podía ofenderle a uno.

Se volvió y la miró con fijeza.

—Estoy libre —contestó—. ¿Dónde está tu casa? ¿Está cerca?

Ella sonrió alentadora.

—No está lejos. Justo a la vuelta de la esquina. En realidad, es de mi hermana, ¿sabes?, pero ella no está y le cuido la casa.

Caminaron en silencio. A él le hubiese gustado decir algo, pero no estaba seguro de lo que debía decir. Aunque ella tampoco daba la impresión de que esperara que él hablase, y ya había entre ellos una extraña y agradable sintonía.

—Ya estamos. Es aquí.

Era el lugar idóneo. Un bajo bungaló de techo de cinc, con una franja de jardín frontal de casi dos metros de largo, un pequeño frangipani, un porche con dos sillas de hierro desconchadas y una puerta delantera con mosquitera.

Entraron.

—Siéntate en el salón. Voy a calentar agua.

Desapareció por un estrecho pasillo y él entró en la habitación que ella le había indicado. Era pequeña, roñosa, el techo era de cinc prensado y el suelo de baldosa roja. Olía a la cera que se usaba para estos suelos, un olor denso que le recordaba los dormitorios del colegio.

Había pocos indicios de comodidad. Una mesa con un mantel de encaje, un desvencijado sillón verde, una cama con cojines esparcidos para que se pareciese a un sofá. Encima de un aparador había una fotografía enmarcada, una niña con un recargado vestido, de pie delante de la casa.

Se sentó en el sillón y miró al techo, las marcas de moscas, las molduras de la cornisa de cinc.

—Es bonita la casa, ¿verdad? —preguntó ella.

Estaba de pie en la puerta, con un cigarrillo entre los labios.

—A mi hermana le cuesta un riñón —comentó—, pero la casa es realmente preciosa. De categoría.

Él asintió.

—Es bonita.

Ella tenía los ojos clavados en él.

—¿A qué te dedicas? —quiso saber—. ¿Trabajas en los ferrocarriles?

Él sonrió.

—No. Soy profesor.

Ella se sacó el cigarrillo de la boca.

—¿Profesor? ¿Me tomas el pelo?

Él sacudió la cabeza.

—De matemáticas y críquet.

—¡Dios!

Hubo un silencio. Ella aún lo miraba fijamente, pero ahora se alejó de la puerta y entró en la habitación, se acercó a la ventana y corrió las cortinas.

—Así tendremos un poco de intimidad —anunció—. Hay gente de todo tipo ahí fuera, ¿sabes? Gente que no paga entrada para ir al cine.

Él la observó. Se había sacado el cigarrillo de la boca y lo había apagado en un cenicero. El cenicero era un avión de cromo sobre un pie alargado. Había muchos en todo el país.

Ella se plantó delante de él, la boca de color rojo intenso abierta, mostrando sus dientes blancos.

—¿Necesitas aprender algo, señor profesor?

Él la miró mientras ella se desabotonaba la blusa y culebreaba para quitarse los tejanos. Empujó la ropa hacia un lado, como si estuviese encantada de haberse librado de ella.

—¿Qué tal esto, señor profesor? ¿Qué tal?

Se acuclilló junto a él y puso las manos sobre su pecho. Él sentía los latidos de su propio corazón; los oía. Las manos de ella descendieron por el pecho hasta meterlas por la cintura de sus pantalones.

—Bueno, señor profesor, tiene mucho que aprender...

—No lo hagas...

—¿Por qué no?

—Porque no.

—¿Tienes miedo de algo? ¿Prefieres que te haga otra cosa? Sé hacer muchas cosas, muchísimas. Dime qué quieres; no tengas vergüenza.

Su piel era del color de la miel, y tenía las extremidades largas. Durante unos instantes se imaginó que podría, que tal vez fuera posible, que con esos brazos y esas piernas de color miel, con ese cuerpo esbelto y esas formas... Pero cerró los ojos.

—¿Podrías fingir...? —Pero se detuvo.

—Sólo tienes que pedirlo. Las chicas también podemos ser obscenas.

Él se puso de pie apartando suavemente las manos de ella.

—Te pagaré —le aseguró—. Toma. ¿Te parece suficiente?

Ella aceptó el dinero y lo escondió detrás de un cojín.

—No te gusto porque soy de color. ¿No es eso?

Él cabeceó.

—No tiene nada que ver con eso. Eres preciosa.

—Entonces, ¿cuál es el problema?

Él se volvió y se dirigió hacia la puerta. Ella lo vio marcharse y encendió otro cigarrillo, que se fumó desnuda, pensativa, contemplando cómo el humo ascendía en volutas hacia el techo.

Anne dejó a un lado el libro. El colegio estaba tranquilo; las vacaciones de mitad del trimestre significaban que la mayoría de los chicos estaban fuera, y sólo se quedaban aquellos que, por alguna razón, no podían irse a casa o no habían sido invitados a casa de sus compañeros de clase. A los que se quedaban solía encomendárseles pequeñas tareas en el propio recinto escolar o en sus casas y ganaban puntos por sus servicios en el elaborado concurso de mantenimiento casero.

Así pues, ese chico estaba pintando la caseta del generador cercano a la casa. Ella se había fijado en que llevaba allí desde ayer y trabajaba con lentitud. Lo observaba desde el porche; saltaba a la vista que el trabajo no le gustaba. Iba al último curso, acabaría ese año. ¿Por qué no estaba en su casa? ¿Estarían sus padres divorciados?

Cogió el libro y leyó unas cuantas líneas antes de volverlo a dejar. El chico había retrocedido algunos pasos para observar el trabajo realizado.

Ella se levantó y anduvo hacia él.

—¿Qué tal te va? Te he visto trabajando desde mi porche.

Él se volvió y le sonrió.

—Lento; realmente lento. No soy un gran pintor.

Ella posó la mirada en la caseta.

—Ya lo veo. Lo siento.

Él se rió.

—Lo hago lo mejor que puedo; ésa es la verdad. Pero es que todo está tan... tan desigual.

Ella lo miró. Era alto y con melena rubia; su cara resultaba interesante. Lo había visto antes haciendo tareas del colegio y ya se había fijado en él. Destacaba.

—¿Qué tal un descanso? —sugirió ella—. Puedo ofrecerte algo en el porche. ¿Una limonada fría, quizá?

—Me encantaría —respondió el chico—. Gracias, señora Anderson.

La siguió en dirección al porche.

—Por cierto, ¿cómo te llamas?

—Gordon —contestó él.

—¿Y tu nombre?

—James.

Súbitamente, ella se aturdió.

—Verás, no hace falta que me llames señora Anderson. Me hace sentir... Llámame simplemente Anne.

Lo miró, sus ojos se encontraron fugazmente, y luego ella apartó la vista.

—Como tú quieras —repuso él.

Charlaron mientras él se tomaba la limonada. Le contó que sus padres vivían en Rhodesia del Norte y que estaba demasiado lejos para ir sólo unos cuantos días. Su padre tenía un negocio en Lusaka y una plantación de té cerca de Lilongwe, en Nyasaland.

—Quiere que la lleve yo cuando acabe la universidad —explicó—. Pero yo no quiero dedicarme a eso. ¡Es un sitio tan apartado! Está en medio de la nada. Me volvería loco.

—¿Y a ti qué te gustaría hacer?

—Me gustaría vivir en algún sitio como Ciudad del Cabo o Johannesburgo y trabajar para Anglo American, dirigiendo minas.

Ella pensó en su propio futuro. Tal vez se quedaran aquí para siempre, rodeados de la misma gente, la misma comunidad rígida y recta. ¿De qué hablarían con el paso de los años? ¿Cómo soportaría ella el vacío?

—Eres un afortunado por poderte ir —comentó ella.

Él la miró de reojo.

—Pues a mí me parece que tú tienes más suerte que yo —replicó—. Yo me siento como si estuviese en una cárcel. Tú sí puedes irte. Puedes ir a Bulawayo cuando te apetezca. Puedes hacer lo que quieras. Yo ni siquiera puedo atravesar esa verja sin permiso de mi supervisor, y, aunque me lo dieran, ¿adónde podría ir?

Ella clavó la vista en él. Nunca había oído hablar así a un alumno, claro que nunca había hablado con ninguno. Nunca había pensado en ellos como personas con sus anhelos y sus frustraciones. Para ella «los chicos» no eran más que una masa amorfa. Ahora estaba hablando con un joven, no con un chico.

—¿Odias esto? —le preguntó ella—. ¿Es eso lo que tratas de decirme?

Él examinaba sus manos, las diminutas salpicaduras de pintura en la piel bronceada.

—Supongo que sí —respondió él—. Lo soporto, pero me gustaría simplemente salir más. Me encantaría ir de vez en cuando a Bulawayo, sólo a pasar el día. Estoy tan... tan ansioso.

Ella miró más allá de las columnas del porche. El cielo, a lo lejos, estaba encapotado, púrpura oscuro, lluvioso. Era un cielo que le encantaba; enormes nubes de agua amontonadas. Habría tormenta, ya soplaba un viento cálido, la primera advertencia.

—Yo podría llevarte a Bulawayo —sugirió ella—. Podrías venir conmigo.

Él alzó la vista de golpe y ella vio el color de sus ojos.

—¿Sí? ¿De verdad?

—Sí —afirmó ella—. ¿Por qué no? ¿Se daría cuenta alguien de que te has ido?

—Eso podría arreglarlo —declaró él—. Podría pedirle a algún compañero que firme por mí para las tareas de esta tarde. Nadie lo notará.

—Entonces ¿por qué no nos vamos a Bulawayo? Yo también estoy harta.

Ella vio que él estaba dudoso y se imaginó cuál era el motivo.

—Mi marido está fuera —aclaró—. Se ha ido a Salisbury para organizar los partidos de críquet que se jugarán fuera el próximo trimestre. No te preocupes. No me preguntará lo que he hecho.

Aquella noche cenó sola en el comedor mientras escuchaba la radio. Había una de esas interminables discusiones sobre política que tanto le deprimían: «Yo creo que sólo hay una forma de que este país salga adelante. Sólo una. Tenemos que ganarnos la confianza de los africanos y demostrarles que la Federación es posible y que habrá un sitio para ellos. A eso se le llama participación. Simplemente tenemos que reconocer que no hay otra salida. Si seguimos negándoles tomar parte en los asuntos gubernamentales, eso acarreará problemas más tarde o más temprano. Sí, y lo digo en serio. Habrá disturbios, apedreamientos. No es bueno ponerse una venda en los ojos. Ya no se puede dar marcha atrás. La cuestión es que ya no tenemos un imperio británico que nos respalde; se ha evaporado...»

Apagó la radio y permaneció sentada frente a su plato medio vacío. Estaba aturdida, inquieta; como si estuviera incubando alguna enfermedad. La tormenta había pasado de largo; quizá fuese eso. La electricidad del ambiente no se había descargado y seguía ahí; podía notarla.

Apartó el plato, se levantó de la silla y salió fuera. El aire era caliente y denso, y lo perfumaban las calas y las flores blancas de los frangipanis. En lo alto, el cielo era una extensión de interminables constelaciones surcando horizonte negro tras horizonte negro.

Se veían las luces de las casas del profesorado; recuadros iluminados con cortinas, y las luces de las casas de los chicos, que salpicaban irregularmente la lejanía. Salió al camino que conducía al colegio, sin importarle las advertencias de Michael acerca de lo peligrosas que eran las serpientes por la noche, especialmente cuando hacía calor.

Se aproximó a la casa, escondiéndose entre los eucaliptos que la separaban de los campos de deporte. Olía a eucalipto, cosa que le encantaba, y había hojas secas debajo de sus pies. Ésta era su casa, y él estaba dentro, aunque le había dicho que sólo se habían quedado cinco personas durante estas vacaciones. Se detuvo, entre los árboles, sin atreverse a acercarse más, sin arriesgarse a que la vieran desde las ventanas. Vio que en la planta de abajo había una luz encendida, y varias en la de arriba. Ésa era la sala común, pero estaba vacía. Había una mesa de pingpong, un aparador y sillas.

Esperó. Oyó un crujido a sus espaldas y se sobresaltó; ¿sería una serpiente? Pero, sea lo que fuese, se había ido y ahora había silencio. Se volvió para mirar la ventana abierta y en ese preciso instante supo por qué estaba intranquila, por qué se sentía extraña. Anhelaba ver de nuevo a James. Lo deseaba. Cerró los ojos. Era imposible. Debía luchar contra eso. No podía permitirlo. Pero notaba un cosquilleo en el estómago, una sensación aguda e innegable. Lo deseaba.

Dio media vuelta y regresó hacia su casa. Intentó no pensar en ello, pero era consciente de que ya se había embarcado y no podía dar marcha atrás. Lo vería mañana. Tal como habían planeado, irían a Bulawayo.

Apareció en su casa a la mañana siguiente, y ella seguía sintiendo lo mismo. Subieron al coche y partieron; sentía lo mismo.

—No te he preguntado lo que querías hacer —comentó ella—. Se me había ocurrido ir a comer a un sitio que conozco. Se llama El Huerto. Está en la carretera de Matopos. Ya he ido un par de veces.

—Me parece estupendo —repuso él—. No me importa lo que hagamos. Sólo quiero salir de aquí. Por cierto, no tengo mucho dinero.

Ella se echó a reír.

—Yo sí; de eso ya me ocuparé yo.

—Estoy tan harto de la comida que nos dan aquí —explicó— que me encantará comer en cualquier otro sitio.

Conversaron durante el trayecto. El chico era una compañía agradable, un buen conversador, aparentaba más edad de la que tenía. De vez en cuando ella le echaba una mirada furtiva y notaba que se le retorcía el estómago. «Quiero tocarle —pensó—. Quiero tocar a este chico. ¿Cómo reaccionaría él? ¿Le sorprendería que alargase la mano y le tocase el brazo o el hombro? ¿Qué diría: "Mira, lo siento, pero es que..."?» Seguro que le chocaría. Era una mujer casada.

Llegaron a El Huerto y los condujeron a la mesa que ella había reservado por teléfono. Era un gran restaurante que estaba en la parte posterior de un hotel; una zona pavimentada cubierta con espalderas con parras y pasifloras.

—Este sitio es genial —apuntó—. Buena elección.

Apareció el camarero.

—Yo tomaré vino —declaró ella—. ¿Quieres tú también?

Él la miró durante unos instantes.

—Va contra el reglamento.

—Lo sé. Por eso te he preguntado si querías.

Él se relajó.

—¡Pues claro! Por favor.

Lo pidió y les trajeron una botella de vino blanco frío en una cubitera. El camarero les sirvió una copa a cada uno y se fue.

—Has sido muy amable —agradeció él—. Esta noche casi no he dormido pensando en el día de hoy.

Eso era una revelación; ella también se lo confesaría:

—Yo tampoco. También tenía ganas de que llegara hoy.

Sus miradas se encontraron, y se buscaron, y ella supo que ambos habían allanado el camino. Cogió su copa y tomó un sorbo mientras lo miraba. Él desvió la vista, y volvió a mirarla, con los labios separados como si estuviese a punto de decir algo.

Ella alargó el brazo y le tocó la mano, que descansaba encima de la mesa. Notó que él se sobresaltaba, como si se hubiera asustado, pero luego, al cabo de unos segundos, le acarició con los dedos y le apretó brevemente la mano. Después la retiró y cogió la carta.

—Será mejor que pidas por mí —sugirió él—. Me gusta todo. Elige tú.

Ella echó un vistazo a la carta.

—De acuerdo; yo elegiré.

Entonces, de repente, él dijo:

—Estás casada... Yo...

Ella levantó la mirada.

—Mi matrimonio no va bien, James.

Él clavó la vista en el mantel.

—Le tengo cariño a Michael. Es sólo que a veces dos personas no encajan como marido y mujer. A veces pasa.

Él asintió.

—Ya veo.

—Pues no hablemos más del tema.

Acabaron de comer y tomaron café; la sobremesa fue larga. Cuando se levantaron eran casi las cuatro de la tarde. Ella le sugirió que volvieran para que su ausencia no se notara.

—No quiero volver —objetó él—. Quiero quedarme aquí.

—Yo también, pero es mejor no desafiar a la suerte.

—Igualmente acabará sabiéndose —replicó él—. Las desgracias vienen solas, ¿no?

Hicieron casi todo el trayecto de vuelta en silencio, pero era un silencio agradable. Ella tenía la esperanza de que no se encontraran otro coche en la carretera del colegio; no quería que la vieran con él. Sin embargo, la carretera estaba tranquila y desierta.

Estacionó el coche en la parte posterior de su casa y él bajó del vehículo. Ahora anochecía, y aquí y allí había luces encendidas.

—Debería volver —anunció él.

Ella lo retuvo y le acarició la mano.

—Todavía no. Entra conmigo.

Entraron juntos, la casa estaba en semipenumbra, y él la siguió por la sala y el pasillo hasta una habitación. Sin decir palabra, ella le hizo entrar y cerró la puerta. Se volvió, lo rodeó con los brazos e introdujo una mano en el cuello de su camisa.

Suavemente, despacio, lo llevó a la cama y se tumbaron, en silencio. Su piel era suave al tacto; ¡era tan sedosa!; y su respiración, estaba entrecortada por la excitación.

—Huyamos —propuso él—. Vayámonos.

Él la abrazó con fuerza, presionando con las manos su espalda tibia.

—¿Que nos vayamos? ¿Adónde?

—A cualquier parte. Podríamos ir al sur, tal vez a Ciudad del Cabo.

Ella se rió.

—¿Y qué haríamos allí?

—Podríamos vivir juntos —contestó él—. Cuando cumpla dieciocho heredaré dinero de mi abuelo. Sólo tendríamos que aguantar dos meses hasta entonces.

Ella le besó con suavidad y le apartó el pelo de la frente.

—Me parece una idea maravillosa.

—Entonces, ¿nos iremos? Puedo llamar a mi padre y decirle que estoy harto de este sitio, y que me voy una temporada. De todas maneras, ya me quedan pocos meses aquí. En este lugar no me retiene nada.

—Deja que lo piense.

Ella se estiró, con él entre los brazos, su piel tibia contra la suya propia. Él tenía casi dieciocho años; ella veinticuatro. Seis años. Sin embargo, él todavía era un niño, y ella, una mujer. Se imaginó la reacción de su padre cuando se enterase; se imaginó el escándalo. ¿Y cuánto duraría? Unos cuantos meses tal vez hasta que él se cansara de la novedad y empezara a pensar en su futuro. No, no podía hacerlo. No podía atarlo, no podía retener a este niño precioso, su juguete.

De pronto ella dijo:

—Es tarde. Ahora sí que deberías irte. —Él se levantó de la cama y se vistió, y ella contempló esos últimos instantes de maravillosa y vulnerable desnudez.

También se levantó y se acercó a él.

Entonces le dijo:

—James, esta noche, cuando te vayas, no te enfades conmigo. Me voy a ir, pero sola; así que no volveremos a vernos. No podemos volver a vernos. Simplemente no podemos.

Él protestó, pero ella puso un dedo sobre sus labios y él se calló. Después lo acompañó a la puerta y estuvo observándolo hasta que fue engullido por la oscuridad de la noche.

Ella entró de nuevo en casa y sacó sus maletas del armario. Las hizo indiscriminadamente, mezclando la ropa con su documentación, los zapatos y los libros. Luego, hechas las maletas, las arrastró una a una hasta el coche y las metió en el maletero.

Cerró la puerta, pero no con llave. Michael volvería al día siguiente por la noche y no pasaría nada hasta entonces. Pensó que él se alegraría. Le aliviaría que ella hubiese resuelto el problema por él.

Se subió al coche y empezó a descender por la carretera del colegio, despacio porque de repente, cuando uno menos lo esperaba, había baches. Como iba despacio, lo vio a cierta distancia, de pie junto a la carretera, esperándola. Ella aminoró la marcha y él salió a su encuentro, poniéndose delante del vehículo.

—Te estaba esperando —anunció—. Mi maleta está ahí. —Señaló la oscuridad y suplicó—: No te vayas sin mí, por favor.

Ella paró el motor y apagó las luces. Él se había apoyado en su ventanilla y había alargado el brazo para tocarla.

—Estoy enamorado de ti —declaró—. Realmente enamorado.

Ella sonrió, pero él no pudo verlo, y le vino a la memoria el recuerdo de tenerlo entre sus brazos, la luz de la luna colándose por la ventana para iluminar sus extremidades, y las sombras de su cuerpo. ¿Importaba que durase sólo unos meses o incluso unas semanas? Era ella la que lo había seducido; tal vez estuviese en deuda con él.

Ahora él había abierto su puerta y se había agazapado junto a ella, rodeándola con los brazos.

—Pronto lloverá —comentó ella—. Y te mojarás.

—Me da igual —repuso él.

—Coge la maleta —ordenó—. Deprisa.

Él la soltó y desapareció en la oscuridad. Poco después volvió e iniciaron su viaje. Hubo tormenta, llovió a raudales, y hubo relámpagos que unieron cielo y tierra con destellos de plata. Ella, en voz alta para que él la oyera pese al ruido de la lluvia que golpeaba el coche, preguntó:

—¿Recordarás siempre lo mucho que llovió cuando nos fuimos?

Él asintió.

—Sí, lo recordaré.

El lejano norte

Ella dijo a sus amigos:

—No me quedaré. Será sólo cuestión de un año más o menos. Después me saldrá algo aquí y volveré a Sydney.

Ellos trataron de mostrarse comprensivos y le dijeron:

—No estará tan mal. Conocemos a una persona que se fue allí y le encantó. Iremos a verte. Iremos a ver el arrecife.

Pero ella sabía que era el fin. Habría una humedad insoportable y echaría de menos a todo el mundo. No habría un cine de arte (quizá ni tan sólo un cine), ni restaurantes italianos ni librerías abiertas hasta las diez de la noche. Habría hombres con pantalones cortos y calcetines blancos hasta justo debajo de las rodillas. La vida social giraría en torno a las barbacoas, los bistecs y los silencios. Sería la Australia reducida, destilada.

Sin embargo, no fue del todo así. No había cine de arte, pero resultaba extraordinario cómo uno no lo echaba de menos con el calor. Y sí que había un restaurante italiano en la ciudad, pero descubrió que no le apetecía ir. Y en cuanto a los hombres con calcetines blancos estaban ahí, pero la verdad es que había que entrar en los bares con taburetes para encontrarse con ellos. Y, naturalmente, estaba el mar, con sus increíbles y arrebatadores azules; y las montañas costeras, cubiertas con una vegetación impenetrable; y más allá de las montañas, las inmensas llanuras bajo un cielo que se extendía kilómetro tras kilómetro hasta el golfo de Carpentaria. De modo que escribió a sus amigos y les dijo: «¿Sabéis qué? Me alegro de haber venido. Estoy feliz aquí. ¿Podéis creerlo? No, probablemente no, pero soy feliz».

El trabajo la mantenía ocupada, y le gustaba. Hacía sólo dos años que le habían dado el título y todavía estaba en período de aprendizaje, pero sus nuevos colegas fueron serviciales. En la construcción a veces eso no era fácil, ya que algunos hombres no estaban acostumbrados a que el aparejador fuera mujer, pero supo manejarse. Algunas mujeres se veían obligadas a recurrir a la agresividad para decir las cosas; ella simplemente decidió ser competente. Solía funcionar.

No tuvo problemas para encontrar vivienda. Un pequeño barrio de la ciudad, situado al pie de las colinas, le llamó la atención de inmediato, y no tardó en pagar el depósito para una casa que había sido construida a partir de un viejo bungaló al estilo de los que había en Queensland. La conversión no se había hecho bien y, aplicando un criterio profesional, se deducía perfectamente qué esquinas habían sido cortadas, pero había que tener en cuenta el precio. Más adelante cambiaría las precarias cañerías y el cuarto de baño amarillo. A su debido tiempo sacaría las luces venecianas de imitación del salón y encontraría algo antiguo. No sería difícil.

En dos meses ya había imprimido carácter a la casa y tuvo la sensación de que adquiría de nuevo parte de la personalidad que le habían arrancado los promotores inmobiliarios. Ahora se sentía más como en casa y decidió dar una fiesta de inauguración. Había hecho algunas amistades nuevas y estaban, además, los compañeros de trabajo. Tenía lo esencial para celebrar una fiesta.

Pero resultó que no hubiera tenido que preocuparse por la cantidad de gente. Los invitados trajeron a sus amigos y algunos de esos amigos trajeron, a su vez, a sus amigos. En Sydney esto habría sido motivo de enfado, pero aquí, al parecer, era bienvenido. Se encontró a sí misma enseñando el cuarto de baño amarillo y la cocina de formica a gente que no había visto en su vida, y, fuera, en la barbacoa, alguien hasta le pidió que le presentase a la anfitriona.

La fiesta de inauguración fue el inicio de su vida social. A la semana siguiente le invitaron a varias fiestas, que ocasionaron más invitaciones. Todo era muy relajado e informal, y a ella le gustaba. Entonces, un domingo por la noche, recibió una llamada de Bill Jameson, un ingeniero que trabajaba en otro departamento del despacho. Apenas lo conocía; le había invitado a la fiesta —al igual que a todos los compañeros de la empresa—, pero esa semana él había estado en Brisbane y no había podido acudir. No le habían hablado mucho de él y sus caminos profesionales no se habían cruzado, pero no había razón aparente por la que debiera declinar su invitación a ir a la costa el próximo sábado.

—Podríamos comer en Daintree o por ahí cerca —sugirió—, y volver a Cairns a primera hora de la tarde.

Ella aceptó, pero tomó la precaución de decirle que tenía algo planeado para esa noche y que debía estar de regreso a las seis como máximo. Le gustaba tener una salida, sólo por si acaso. Si resultaba que Bill Jameson le gustaba, entonces tal vez podrían cenar en algún sitio. Tal vez.

Empezó mal. Aproximadamente a la hora convenida ella estaba en la cocina. Oyó la bocina de un coche y miró por la ventana. Era él. Lo saludó desde la ventana y él la reconoció, pero se quedó en el coche. No le habría supuesto un gran esfuerzo, pensó ella, bajarse del coche y andar los seis pasos que había hasta la puerta y el timbre. «No importa, sé benévola; hace bastante calor y seguramente tendrá puesto el aire acondicionado.»

Lo tenía puesto. Ella se acomodó en el asiento y disfrutó del frescor mientras recorrían la carretera en dirección norte. Él habló muy poco hasta que salieron de la ciudad, pero entonces empezó a hacerlo, y ella se dio cuenta al instante de que había cometido un tremendo error. Bill Jameson no le gustaba. De manera intuitiva supo que estaría en desacuerdo con todos sus puntos de vista y además no le gustaba que hablara sobre pesca. Tampoco le gustó la forma en que habló de los tiburones. ¿Qué tenían de malo los tiburones?, se preguntó. Si a uno no le gustaban, pues entonces no se bañaba; al fin y al cabo, eran perfectamente evitables.

—No se puede razonar con un tiburón —declaró Bill Jameson—.

Lleva siempre un cuchillo en el agua. Si un tiburón se te acerca demasiado, dale en el morro, justo ahí, clávaselo en el hocico. Eso no les gusta nada.

—¿Ah, no?

—¡Pues claro que no! —exclamó Bill—. ¿Te gustaría que te lo hiciesen a ti, sobre todo si te guiaras por el olfato?

Daba la impresión de que esperaba una respuesta, que no obtuvo. La miró y luego prosiguió:

—¿Sabías que capturaron un tiburón enorme en el mar? Era blanco, imponente. No recuerdo qué tamaño tenía, pero era bastante grande. Podría haberse comido una barca. Aunque los tiburones de arrecife son bastante diferentes.

Ella hizo un esfuerzo, nada del otro mundo:

—¿Ah, sí?

—Sí. Son tiburones bastante... bastante liberales. —Ahogó una risita a la hora de elegir el adjetivo—. Si uno no se cruza en su camino, no atacan, y aun así darán media vuelta. Siempre se retiran, siempre.

—¿Has visto alguna vez alguno? —preguntó ella mientras observaba los cañaverales y la cálida neblina.

—¿Un tiburón de arrecife? Sí.

—¿Y dio media vuelta?

Él permaneció callado unos segundos.

—No exactamente. A decir verdad, estaba dentro de un estanque y no tenía mucho sitio.

Ella volvió la cabeza a los cañaverales e hizo una mueca de disgusto. Eran las diez en punto. Faltaban ocho horas para las seis de la tarde... ¿Podría soportarlo? Recordó que, cuando era pequeña y la obligaban a sentarse y presenciar algo aburrido, rezaba para que se produjera un desastre natural. «Si hubiera una tormenta o un terremoto, o una descarga eléctrica repentina, la tortura acabaría antes.» Se recordaba a sí misma haciendo esto en misa, mientras estaba sentada escuchando los interminables sermones y los rituales, deseando que llegara el momento en el que el cura dijese: «La paz del Señor, que sobrepasa todo entendimiento...» Entonces el corazón le brincaba por el inminente levantamiento del odioso castigo. Pero hasta ese momento, la única salvación posible residía en un desastre natural o en la muerte súbita, cosas ambas que nunca ocurrían cuando uno deseaba.

Tal vez el coche se averiara y tuvieran que volver a Cairns en autobús. Tal vez el autobús estuviese prácticamente lleno, con sólo un asiento delante (para ella) y otro detrás (para él), y le tocara alguien interesante en el asiento de al lado, que para presentarse dijera: «Odio la pesca, ¿usted no?»

—Barramundi —dijo él—. Ése es un pez para ti. ¿Has visto alguno alguna vez? No, supongo que no porque eres nueva por aquí. ¡Esos sí que pelean! Sujetan el cebo entre los dientes y lo arrastran durante kilómetros antes de soltarlo. ¡Es un pez fantástico!

Ella se imaginó cómo seguiría la conversación:

—¿Has visto alguna vez alguno, Bill?

—Sí, claro que sí.

—¿Y opuso mucha resistencia?

—Bueno, a decir verdad, estaba en la pescadería...

A un lado de la carretera los cañaverales habían dado paso a una espesura, y en el otro había despeñaderos que descendían hasta el mar. Ella contempló el arrecife, pero sólo podía pensar en peces, de manera que se volvió hacia la espesura y la examinó. Había un par de casas construidas en la falda de la colina, medio ocultas por la vegetación, y se preguntó cómo sería vivir en un sitio como ése, escondido de todo el mundo, con los sonidos de la espesura como única molestia. ¿Qué haría esa gente? ¿Cómo pasaría el tiempo?

Durante unos horribles instantes, se imaginó encerrada en un sitio así con alguien como Bill. ¿Cuánto tiempo podría soportarlo? Lo mataría, pensó. Lo empujaría por el precipicio o por un barranco, o le pondría en la cama una culebra taipan. Y sería perfectamente comprensible. El jurado se compadecería de ella y la exculparía en virtud de uno de los nuevos atenuantes del asesinato: provocación acumulativa, síndrome de la mujer maltratada o incluso tensión premenstrual. En la actualidad las mujeres podían matar a los hombres, pero sólo si lo merecían, claro.

Bill dijo:

—Bueno, planeemos lo que vamos a hacer. Conozco un sitio estupendo para comer, al que ya he ido varias veces. Sirven pescado. ¿Te parece bien?

Ella asintió con displicencia. «A lo mejor me bebo una botella entera de vino —pensó—. Eso me anestesiará. O tal vez se produzca un terremoto...»

—Y luego —continuó Bill— se me ha ocurrido que podríamos ir a la granja de cocodrilos. No eres realmente norteño hasta que no has visto esas criaturas de cerca. ¿Qué te parece?

—Me parece una gran idea —contestó ella. Y preguntó—: ¿Hay un cine de arte por ahí?

Bill parecía confuso.

—¿Un cine de arte? No, no creo. ¿Por qué iba a haber uno? —Y, casi suspicaz, añadió—: ¿Por qué lo preguntas?

—¡Oh! Por pura curiosidad —respondió ella—. Sólo me lo preguntaba.

Bill sonrió.

—Si quieres ir al cine, podemos ir. Hay uno en Cairns, seguro que lo has visto. Puedo llevarte allí, si te apetece. Echaré un vistazo a la cartelera. Me parece que de vez en cuando dan películas de autor.

Ella se desanimó.

—No —contestó— Muchas gracias. Sólo quería saber si había uno. No voy nunca, nunca.

Comieron casi en completo silencio, lo que a ella le hacía sentirse culpable, porque él era muy amable con ella y no podía evitar ser como era, pero no tenía energías para entablar una conversación. Además, no quería darle esperanzas; si Bill pensaba que era aburrida, ella encantada. Se temía que volviese a invitarla —si es que lo tenía en mente—, ya que sabía que no tendría más opción que negarse de inmediato y sin ambages. Podría inventarse que tenía pareja estable en algún otro lugar, pero eso siempre le había parecido que era una cobardía. Era mucho mejor ser honesta, aunque le hiciese cierto daño.

Se imaginó a sí misma diciendo: «Bill, lamento tener que decírtelo, pero no me interesa la pesca. Realmente, mereces a alguien que entienda de pesca. Hay un montón de mujeres a las que les interesa la pesca, un montón. Conmigo perderías el tiempo. Encontrarás a otra persona».

¿Cómo reaccionaría Bill? Probablemente no se daría por aludido: «Pero podrías aprender, yo te enseñaré. Haremos una cosa, tengo algunos libros de iniciación al tema; te los dejaré».

Sin duda, si se presentaba la ocasión, lo mejor era ser honesta. Aunque mentir ofrecía algunas posibilidades graciosas. Podría decirle: «Bill, te lo diré claramente. Soy lesbiana. Y las lesbianas y la pesca simplemente no casan bien, créeme».

Después de comer le entró sueño, de hecho, dio una cabezada en el coche mientras iban a la granja de cocodrilos. Se despertó al llegar, se sentía algo mejor, e incluso estaba bastante interesada en los edificios bajos y alargados que tenían delante.

—Ésta es la granja de cocodrilos —anunció Bill—. Cientos y cientos de bolsos potenciales deambulando y engordando en todo momento. Menuda idea, ¿eh?

Era experto en minar su interés por un tema, y de pronto la granja perdió atractivo. Aunque era una experiencia, supuso, y esta clase de sitios no podían verse en ninguna otra parte.

Entraron. Había un gran vestíbulo al que todos los visitantes eran dirigidos y que estaba lleno de *souvenirs* de cocodrilos de todo tipo. Había manoplas de cocina en forma de cocodrilo, camisetas con caricaturas sonrientes de reptiles boxeando, bailando o una especialmente atrevida de cocodrilos haciendo el amor. Había llaveros con forma de cocodrilo y balones con cocodrilos pintados. Había cosas para todo el mundo, siempre y cuando uno tuviese suficiente mal gusto.

Bill estaba encantado y no dudó en comprar un billetero de piel de cocodrilo y una funda para el pasaporte en la que con letras doradas ponía: *Ciudadano de Godsown.* Ella esperó a que terminara sus compras y alabó su elección. Entonces él le regaló la funda y ella se quedó estupefacta.

—Pero si yo no viajo —balbució mirando fijamente el ofensivo objeto—. Es muy amable por tu parte, pero ¿no sería mejor que te quedarás tú con la funda? Vas de vez en cuando a Singapur, ¿no?

Bill asintió.

—Yo ya tengo una —declaró.

No tenía escapatoria, y le dio las gracias metiéndose el regalo en el bolsillo del pantalón. Tal vez se cayese del bolsillo antes de que volvieran al coche y luego lo encontrase alguien que realmente lo apreciara. Miró a su alrededor. Daba la impresión de que a todos los que estaban en la sala les encantaría la funda. Bueno, alguno sería el afortunado.

—No hay de qué —repuso Bill—. Y ahora echemos un vistazo a la sección de bolsos andantes.

Había mucho que ver. En un largo pasillo se exponía todo el ciclo vital de los cocodrilos, desde el momento de la incubación hasta las imágenes de huesos decolorados, detritus de cocodrilos en el lecho seco de un río. Había montones de huevos en una incubadora, y cocodrilos pequeños, no más grandes que una mano humana pero ya bastante capaces de arrancarle a uno parte de esa mano con sus afilados dientes. Había fotografías de cocodrilos comiendo y durmiendo, y, en una sorprendente vitrina, apareándose.

—¡Caramba! —exclamó Bill escudriñando la imagen—. ¡Mira eso! Fíjate en su... en su ya sabes. ¿A que es asqueroso?

Ella desvió la vista.

—Como el de los hombres —dijo en voz baja.

—¿Cómo dices? —preguntó un Bill enérgico—. ¿Qué has dicho?

Pero ella empezó a leer un folleto explicativo:

—«El cocodrilo de los estuarios de Australia es el más grande y agresivo de la familia de los cocodrilos. Vive en los ríos que hay a lo largo de las costas del norte de Australia, aunque hay informes que aseguran que se han visto algunos ejemplares varios kilómetros mar adentro. Entre sus presas se encuentran las tortugas y los peces, y, ocasionalmente, las personas lo bastante inconscientes para introducirse en su hábitat. En Australia cada año pierden la vida unas cuantas personas por ataques de cocodrilo.»

—Y que lo digas —asintió Bill—. Había un colega en el despacho que conocía a alguien cuyo hermano fue devorado mientras pescaba. Se acercó demasiado a uno de esos bichos, y ¡zas!, se lo zampó. Pero sólo son peligrosos cuando tienen hambre. Cuando están hambrientos es cuando hay que ir con cuidado.

Ella no dijo nada. El comentario de Bill, pensó, no aportaba gran cosa a su conocimiento de los cocodrilos. Pero ahora avanzaron, pasando de largo a una familia de niños de aspecto aburrido y padres agobiados, y procedieron a ver la parte exterior de la exposición, donde estaban los cocodrilos tumbados al sol.

La granja estaba bien montada. Los visitantes podían ir de jaula en jaula y ver los cocodrilos en diversas fases de su desarrollo. También había otros animales, una jaula con wallabíes y algunos canguros, y otra llena de pájaros de vistoso plumaje. Pero la atracción estrella era un cubículo oculto en una esquina, donde podía admirarse un cocodrilo del que se decía que era el mayor ejemplar en cautividad.

La jaula era bastante grande. Para permitir que los visitantes pudieran inspeccionar al ocupante se había construido un pasillo de cemento en uno de sus lados, de modo que la gente pudiese mirar hacia abajo, directamente al dominio del cocodrilo, que consistía en un estanque más bien grande y muy fangoso, y varios bancales de arena.

«*Old Harry* —ponía en un letrero—, el mayor cocodrilo en cautividad. Se cree que tiene unos cuarenta años.»

Caminaron por el pasillo y miraron hacia abajo. *Old Harry* estaba a cierta distancia, en el otro lado del recinto, echado sobre un bancal, con las patas estiradas y los ojos cerrados. Había varias moscas zumbando alrededor de las ensanchadas aletas de su nariz y un par más trepando por la superficie húmeda de sus párpados.

Estuvieron unos minutos mirando fijamente al animal, ambos fascinados por la absoluta inmensidad de la criatura.

—Bueno, ahí tienes el cocodrilo —dijo Bill con voz temerosa.

Ella, muy a su pesar, asintió.

—Sí.

Dieron la vuelta para deshacer el camino, y al hacerlo, ella notó que se le enganchaba algo en el pasamanos del pasillo de cemento. Se volvió, preguntándose si se le habría enredado algo con un alambre. Y vio que la funda del pasaporte descendía en espiral los casi tres metros de distancia que había hasta el bancal de arena.

Durante unos instantes quiso reírse, pero se controló.

—¡Bill, ha pasado algo horrible! —exclamó—. ¡Mira!

Él se acercó a ella y miró hacia abajo.

—¡Oh, no! Tu funda.

Ella sonrió.

—Bueno, lo que cuenta es la intención, en serio.

Él frunció las cejas.

—No podemos dejarla ahí —comentó—. Me ha costado veinticuatro dólares.

Ella se encogió de hombros.

—Pues yo lo siento, pero no pienso bajar a buscarla.

Él miró de nuevo hacia abajo y luego al otro lado del cubículo. *Old Harry* estaba inmóvil, con los ojos completamente cerrados. Daba la impresión de que estaba bastante ajeno a su presencia; en realidad, podría haber estado muerto y disecado.

Bill se irguió.

—Bajaré yo. El colega en cuestión está profundamente dormido y ya se habrá tomado hasta un té. Bajaré en un periquete.

—Ni se te ocurra —espetó ella—. ¡No seas estúpido! Podría despertarse.

—Si se despierta, volveré a subir —repuso Bill, que ya empezaba a encaramarse a la reja que descendía por el lateral del pasillo.

Ella alargó el brazo y le agarró de la camisa, tratando de detenerlo, pero él se desembarazó de ella. Volvió a intentarlo y le agarró por el brazo, pero una vez más él la apartó y empezó a descender por la reja del cubículo.

—Si ves que se mueve, avísame —chilló—. El valor se basa sobre todo en la discreción.

Ya había llegado abajo. La funda estaba a poca distancia, en el bancal de arena, y caminó hacia él con cautela. Levantó la vista para mirar a *Old Harry*. Aún parecía que estaba totalmente dormido, aunque durante unos tensos instantes ella creyó que había abierto un ojo. Pero concluyó que no había sido más que una mosca.

Bill se agachó para coger la funda del pasaporte. Después se levantó y la saludó triunfalmente con la mano. Las letras doradas de las palabras *Ciudadano de Godsown* destellaban con la luz del sol.

El agua fangosa del estanque se elevó formando una gran ola mientras la enorme silueta del segundo cocodrilo, el compañero de *Old Harry*, se abalanzaba sobre su presa. Durante unos segundos lo único que ella vio fueron dientes y un trozo de carne rosácea en la boca, y luego las mandíbulas apretando con fuerza las piernas de Bill, que crujieron.

Bill alzó la vista, desesperado. Ella vio la funda agitándose e intentó gritar, pero no emitió sonido alguno. Las mandíbulas volvieron a abrirse y luego se cerraron para hundirse. Bill desapareció debajo del agua en medio de un torbellino de burbujas y espuma. Después la superficie se calmó.

Mientras tanto, *Old Harry* abrió los ojos, echó un vistazo al estanque y los volvió a cerrar para seguir durmiendo.

Durante unos minutos ella estaba demasiado sorprendida para moverse. Entonces oyó gritos y vio a un hombre corriendo hacia el cubículo. Llevaba un sombrero de alas anchas y algo en la mano, un palo o una escopeta, no pudo verlo.

—¿Qué sucede? —le gritó el hombre—. ¿Qué ha pasado?

Ella abrió la boca, pero no pudo hablar. Señaló el estanque y se puso a chillar.

El hombre se volvió y escudriñó el recinto.

—¡Oh, Dios mío! —exclamó—. ¿Hay alguien ahí dentro?

—Le dije que no bajara... —murmuró ella.

Ahora el hombre se había alejado y forcejeaba con la cerradura de la verja. Pasados unos segundos se detuvo y escrutó el cubículo. Entonces se puso la escopeta al hombro y se oyó una explosión.

Old Harry se movió rápidamente y se deslizó por el bancal a una velocidad extraordinaria. El hombre renegó en voz alta y volvió a disparar al agua. Hubo cierto movimiento y más conmoción. Otro disparo y luego silencio.

Ahora había más personas en el pasillo. Había aparecido un hombre con uniforme verde que le gritaba a la gente que despejaran. Después alguien le cogió de la mano y se la llevó de ahí. Ella trató de oponer resistencia, pero el hombre de la escopeta señalaba un edificio un poco alejado y allí la condujeron. En el interior, una mujer que llevaba una pequeña insignia dorada en forma de cocodrilo la sentó en una silla y le cogió de la mano. Le trajeron té, pero sus manos temblorosas lo derramaron sobre sus tejanos y su blusa. Le trajeron un trapo y le secaron las manchas calientes.

—¡Qué horror! —comentó la mujer—. ¿Era su... su marido?

Ella cabeceó.

—No, sólo un amigo. No lo conocía muy bien.

La mujer parecía aliviada.

—Gracias a Dios —repuso—, porque no creo que logren sacarlo.

El hombre de la escopeta tardó un rato en volver. Miró a la mujer que, a su vez, le lanzó una mirada.

—Era un amigo —afirmó la mujer—, no tenían una relación estrecha.

La expresión de la cara del hombre se relajó.

—Algo es algo —apuntó—. Verá, lamento mucho tener que comunicarle que el cocodrilo se lo ha comido. Se lo ha tragado entero. No hemos podido hacer nada; yo lo he matado con la escopeta y en este momento lo están sacando del agua. ¿Fue él quien se metió en el recinto?

Ella asintió.

—Intenté detenerlo, pero no me dejó. No sabía que había otro cocodrilo debajo del agua.

El hombre hizo una mueca de disgusto y tiró la escopeta sobre la mesa.

—¡Es la primera jodida vez que pasa esto! —exclamó—. Sabía que pasaría, que antes o después pasaría. Que algún maldito bromista correría el riesgo.

—Cuidado, Pete —lo tranquilizó la mujer—, que esta mujer está trastornada.

—Lo siento —se disculpó él—. Ha sido horrible, lo sé. Por cierto, ya he llamado a la policía. Querrán saber exactamente lo que ocurrió. ¿Podrá explicárselo? Y asegúrese de que les dice que nuestras vallas no tuvieron nada que ver, que fue él quien saltó. ¿De acuerdo?

Ahora, pasados los primeros momentos de impacto, estaba más calmada. Había sido sobrecogedor, terrible, pero la culpa no era suya. Había intentado detenerlo. No había podido hacer nada; no tenía nada que reprocharse. Y, sin embargo, el recuerdo de su propia falta de caridad le vino a la memoria con una claridad penosa y le hizo estremecerse.

La policía apareció poco después. Se dio cuenta de su llegada por el sonido de las sirenas, y luego, al cabo de unos veinte minutos, un sargento entró en el despacho. Intercambió unas cuantas palabras en voz baja con la otra mujer y después acercó una silla a donde ella estaba sentada.

—Siento mucho lo que ha pasado, señorita —empezó diciendo—, pero voy a tener que tomarle declaración.

Ella alzó la vista y miró al policía. Había algo inquietante en su tono de voz, era áspero y hostil. Además, había en su rostro una expresión apenas perceptible de asco. Bueno, la verdad es que el asunto no era agradable y esa gente tenía que ser dura en su trabajo.

Ella dio cuenta de lo que había ocurrido, recalcando que casi no conocía a Bill Jameson.

—Le dije que no se metiera dentro —explicó—. De hecho, como ya le he dicho a esta señora, intenté impedírselo; pero él se empeñó en recuperar esa ridícula funda de piel de cocodrilo.

—¿Se refiere a la funda del pasaporte? ¿Podría describirla?

Ella la describió y el sargento anotó palabra por palabra en su libreta: «Inscripción: *Ciudadano de Godsown*». Después la miró expectante.

—Entró en el cubículo y cogió la funda. Y luego, creo que fueron uno o dos segundos más tarde, apareció un cocodrilo de la nada. Debía de estar debajo del agua.

El sargento asintió.

—¿Cómo intentó impedirle que bajara? ¿Qué hizo para impedírselo?

Ella cerró los ojos.

—Le agarré del brazo y luego creo que le sujeté por la camisa.

Abrió los ojos. El policía la miraba con fijeza, sin parpadear.

—¿No gritó pidiendo ayuda?

Ella se quedó perpleja.

—¿Cuando se encaramó a la reja o después, cuando ya estaba en el recinto?

—Cuando se encaramó a la reja.

Ella hizo una pausa antes de responder. ¿Debería haber hecho más de lo que hizo? ¿Insinuaba este hombre que ella, de alguna manera, había cometido un error, que la culpa era suya? Sintió una punzada de irritación en su interior. Esto era ridículo. Era Bill el que se lo había buscado todo, por estúpido. Ella difícilmente podría haber hecho nada más sin caerse también.

El policía golpeteaba con sus dedos sobre la mesa, como si estuviese impaciente por obtener una respuesta.

—No —contestó ella—. Todo sucedió muy rápido. No tuve tiempo para pensar. Simplemente traté de detenerlo.

—Muy bien —afirmó el sargento—, así que no gritó para pedir ayuda.

—No.

—¿Y no cree que hubiese sido una buena idea? Había gente alrededor. Podrían haberse acercado y haberle ayudado a detenerlo.

Volvió a sentirse irritada. Ahora la acusación había sido más directa.

—Acabo de decírselo —insistió ella levantando la voz enfadada—. Todo fue muy rápido. No se me ocurrió gritar; sólo pensé en pararlo físicamente, y no pude.

El policía se reclinó en la silla y jugueteó con su pluma.

—Por casualidad, no lo empujó, ¿verdad?

¡Empujarlo! Durante unos instantes estuvo demasiado sorprendida para decir nada. Luego, cuando habló, lo hizo con un hilo de voz, casi inaudible.

—¿Cree que lo empujé? ¿Que lo empujé realmente?

El policía sonrió:

—Es una posibilidad, ¿no le parece?

Ahora supo que la estaba provocando, y a la irritación sucedió el enfado.

—Lo que me parece es que la broma es estúpida. Acabo de presenciar algo bastante desagradable, ¿y usted cree que puede sentarse aquí y reírse del tema?

Al policía se le borró la sonrisa.

—Estúpida o no, no es ninguna broma. Resulta que tengo motivos para sugerir lo que he sugerido. Así que será mejor que se lo tome muy en serio. ¿Lo entiende?

Ella miró de soslayo a la mujer que le había ofrecido el té. Ésta desvió la vista como diciendo: «No me meta en esto». Pero intuyó que se regodeaba con cada instante del drama.

—Verá —prosiguió el sargento pasando una página de su libreta—, acabo de entrevistar a un niño que estaba a varios metros de distancia de ustedes en el pasillo y que se dirigía al recinto. Y me ha dicho: «La mujer empujó al hombre. Vi cómo lo hacía. Lo empujó».

La llevaron directamente de la granja de cocodrilos a la comisaría de policía. En el asiento trasero del coche celular se sentó una policía a su lado, la misma que luego la conduciría a un pequeño despacho en el que se sentaron juntas, en silencio. Unos minutos después apareció el sargento con otra policía que le explicó que iba a tomarle las huellas dactilares y, si quería, una nueva declaración.

Ella estaba demasiado conmocionada para no obedecer. Su mano estuvo flácida mientras le tintaban los dedos y los presionaban sobre una hoja de papel. A continuación le limpiaron cuidadosamente los dedos con un pañuelo húmedo y escribieron algo en el papel.

—Puede hablar con un abogado, si lo desea —anunció el sargento—. Tengo una lista de los abogados de la región, puede telefonear al que prefiera. ¿Me ha entendido?

Le dio un papel y ella señaló uno al azar. Una de las policías se ofreció a marcar el número por ella y dijo algo antes de pasarle el auricular. El abogado se mostró amable y prometió estar en la comisaría en una hora. Ella colgó. El sargento la estaba mirando.

—¿Por qué lo empujó? Puede decirnos la verdad, ¿sabe? Siempre, siempre es mejor decir la verdad, se lo aseguro.

Más tarde, a solas con el abogado, en otra habitación, éste le dijo:

—A mi juicio el problema es el siguiente. Tienen la declaración de ese niño de ocho años que asegura que la vio empujando a su amigo. Parece que se muestra inquebrantable al respecto y se mantiene en lo que dijo al principio. Dice que su amigo le pegó y que entonces usted lo empujó.

Hizo un alto para observarla mientras inspiraba profundamente y sacudía la cabeza desalentada.

—¿Debo dar por sentado que esto no es verdad?

—¡Pues claro que no es verdad! Ya le he contado a todo el mundo lo que pasó. ¿Por qué iba a empujarlo para que se cayera en el recinto? ¡Si apenas lo conocía!

—Si no es indiscreción, ¿qué tipo de relación tenían? ¿A usted le gustaba?

—No, no me gustaba. Siento decirlo, pero era un poco... pelmazo. No pensaba volver a salir con él. Como ya le he dicho, no era más que una cita casual.

El abogado frunció la boca.

—Yo que usted no repetiría mucho lo de que no le gustaba —le aconsejó en voz baja—. Un jurado podría malinterpretarlo.

Ella lo miró con incredulidad. Realmente pensaba que había que tomarse todo esto en serio, que el absurdo malentendido de un niño de ocho años iba a acabar en una especie de juicio.

El abogado prosiguió:

—Naturalmente, la declaración del niño carece de fundamento. Los niños malinterpretan las cosas y yo ya tengo pruebas de que el niño estaba a bastante distancia cuando todo ocurrió. Podría fácilmente haber interpretado mal sus intentos de evitar que Bill descendiera por la reja y haberse creído que trató de tirarlo por ella. Pero hay otro problema.

—¿Cuál?

—La funda del pasaporte, que es por lo que Bill se metió en el recinto. No la encuentran. Evidentemente, han abierto al cocodrilo que se lo comió y han hecho una lista del contenido de su estómago. Pero no hay ninguna funda. También han vaciado el estanque y en el barro no hay nada. De modo que, ¿dónde está?

Ella se encogió de hombros.

—No tengo ni idea. De todas formas, ¿es tan importante?

El abogado suspiró.

—Me temo que sí, porque sin funda perdemos un elemento valioso de la corroboración de su historia. ¿Me comprende?

Ella clavó la vista en el suelo. No acababa de tener claro si el abogado la creía o si estaba de parte del sargento. Porque si él no la creía, ¿cómo iba a convencer a nadie más? Se imaginó al jurado, doce ciudadanos de pro de Godsown, mirándola con recelo mientras ella hablaba de la funda de piel de cocodrilo desaparecida. Recordó el caso del perro salvaje australiano. Tampoco la habían creído.

El abogado se fue poco después de las siete de la tarde y prometió regresar a la mañana siguiente. Ahora había aparecido una policía diferente, que le dijo que sería retenida sin cargos a la espera de una decisión policial para los trámites. No podía hacer nada al respecto, aseguró la mujer, y tendría que pasar allí la noche. Compartiría una celda con otra reclusa, y le proporcionarían un camisón y artículos de aseo personal. Si lo deseaba, podía hacer otra llamada para notificar a quien quisiera «su presencia en la comisaría». Eso era todo.

Entró en silencio en la celda, donde vio a otra mujer tumbada en una cama, leyendo una revista. La mujer no se percató de su presencia hasta que la puerta volvió a cerrarse y la policía se marchó. Entonces dejó la revista a un lado y le sonrió. Se fijó en que era una mujer delgada, que rozaba la cuarentena y que tenía la cara arrugada por la preocupación y la angustia.

—¿Por qué te han metido aquí? —quiso saber su compañera de celda.

—Por empujar a un hombre dentro de una jaula de cocodrilos —respondió—. ¿Y a ti?

—Por disparar a mi marido —contestó la mujer alegremente—. Sólo una vez. No lo maté; supongo que ahora estará otra vez en el pub.

—¿Y por qué le disparaste?

La mujer se incorporó en la cama y cogió un paquete de cigarrillos de su mesilla de noche.

—El muy desgraciado me lo pidió, ¡maldita sea! —Encendió un cigarrillo y exhaló una nube de humo acre—. Solía darme palizas, y a los niños también. Tiene mala sangre.

Dio otra calada a su cigarrillo y añadió:

—Y hay algo más. Es bastante gracioso, si se piensa detenidamente. Le disparé en el estómago con el rifle del calibre veintidós de mi hijo y le hice un pequeño agujero, perfecto. ¿Y sabes qué? Le empezó a salir cerveza de dentro, ¡te lo juro! Tenía la barriga llena de cerveza y salió como un chorro, como si fuera un barril sin tapón.

A pesar de todo, y después de estar charlando con su nueva amiga hasta tarde, durmió bien. Entonces, poco después de las once de la mañana, llegó el abogado. La condujeron a la sala de entrevistas y allí lo esperó; entró sonriendo.

—Tengo buenas noticias —anunció—. *Old Harry* ha muerto.

Ella lo miró atónita.

—*Old Harry*, el otro cocodrilo del recinto. Al parecer, ha muerto de pena. Verá, a la que mataron era su compañera. Y, por lo visto, *Old Harry* simplemente se ha muerto, la ha palmado.

Ella empezó a preguntarse si se había equivocado en la elección de abogado, pero él continuó:

—El veterinario lo ha abierto esta mañana, sólo para cerciorarse. Y, lo crea o no, se han encontrado con que era ciudadano de Godsown.

Ella se tomó la libertad de reírse, con timidez al principio, pero con una fuerte sensación de alivio a medida que el abogado seguía hablando.

—Debió de haber una especie de revuelo general debajo del agua y *Old Harry* acabó tragándose la funda del pasaporte. Es probable que quisiera hincar el diente en el señor Jameson. Sea como sea, la policía se alegra de que esto corrobore su versión; además, parece ser que esta mañana el niño ya no está tan seguro de que usted empujara realmente al señor Jameson. De hecho, hoy ha dicho que cree que era el señor Jameson el que intentaba empujarla a usted, ¡pero que resbaló al hacerlo!

Ella miró al abogado; era la primera vez que se fijaba en él como hombre.

—La llevaré a Cairns, si quiere —comentó—. Tengo que ir por trabajo, así que no me supone ningún esfuerzo.

Viajaron despacio, incluso parando a admirar la vista en un punto determinado. El mar estaba en calma y había una pequeña barca de pesca surcando la superficie azul.

—¿Sabe una cosa? —dijo ella—. En realidad, la pesca no me gusta. No me gusta nada. ¿Y a usted?

Él la miró y sonrió, consciente de que su respuesta era sumamente importante.

—No —respondió—, a mí tampoco me gusta.

Informes confidenciales

No estoy en absoluto seguro de si debería contarles esto. Mi problema estriba en que la ética profesional es un terreno ambiguo y, con franqueza, no disponemos de ninguna guía definitiva. Como es natural, todo médico está sujeto a las habituales normas de confidencialidad —que son excepcionalmente estrictas— y eso significa que uno no debería decir nada de lo que ocurre entre un psiquiatra y su paciente. De manera que, simplemente, uno no debería llamar por teléfono a la mujer de un paciente, digamos, y explicarle lo que su marido acaba de revelarle en el diván, por tentador que a veces pueda resultar. Eso violaría por completo la ética profesional y las autoridades médicas pondrían el grito en el cielo. Y con razón.

Pero no está ni mucho menos claro cuáles son las reglas en lo que concierne a describir de una manera general lo que ha pasado en la consulta, sobre todo si no se nombra a nadie. O cuando se usan nombres falsos. Si uno no menciona nada que revele la verdadera identidad de un paciente, ¿se quebranta entonces la confidencialidad? La respuesta a esto debe de ser que, si hay una buena razón para ello, no tiene nada de inmoral desvelar —de forma anónima— lo que ha sucedido entre un analista y un paciente.

Ahora bien, ¿hay una buena razón para que yo explique lo que viene a continuación? Tras muchas deliberaciones, he decidido que es probable que sí. Sé que no estoy escribiendo un diario profesional, donde estaría completamente justificada la publicación de las historias clínicas. Como sé que algunos leerán esto con el ánimo equivocado —tal vez con morbosidad—, pero otros (espero que la mayoría) lo leerán porque de verdad les interesa la naturaleza humana. Sería la mayor de las arrogancias que los psiquiatras se negaran a hablar de los más curiosos entresijos de la mente humana. No tenemos la propiedad exclusiva del funcionamiento de la psique humana: los ensayos de Freud y del resto de clásicos de nuestra profesión deberían ser leídos por todos. Son documentos maravillosos y liberadores. De hecho, es pura literatura. Y si están llenos de elementos sexuales, es simplemente porque la vida humana está impregnada de sexo. No hay nada anormal en querer comprender cómo éste incide en nuestro modo de vida.

Lógicamente, en este aspecto de la vida de la gente hay muchas cosas sorprendentes. Nadie vive el sexo con las limitaciones que las restrictivas nociones de normalidad nos imponen; la mente humana es demasiado imaginativa para eso. Incluso los menos imaginativos —los más insulsos— tienen sus fantasías (quizá fantasías sosas), aunque muy pocos lo confiesen. Y no hay nada intrínsecamente malo en la fantasía. Siempre que sea una fantasía y no interfiera en la realidad. Para la mayoría de las personas la línea divisoria está bastante clara; para otros la distinción entre el mundo imaginativo y la vida real resulta borrosa, y es en ese momento cuando el comportamiento se vuelve extravagante o inapropiado. Esos casos son realmente difíciles de tratar, ya que la influencia que ejerce la fantasía puede ser muy fuerte. He tenido a pacientes en terapia durante años, luchando por desterrar alguna fantasía molesta y profundamente arraigada, pero fracasando una y otra vez.

En mi profesión estoy expuesto a todo, y ya nada me sorprende. *Nihil humanum mihi alienum est* o, dicho popularmente, nada me impresiona. Y no lo digo para intimidar o sugerir una superioridad profesional, sino porque es verdad. He oído cosas a las que ustedes, simplemente, no darían crédito.

Pero todo esto ha sido a modo de introducción. Mi verdadero objetivo es hablar de las citas, que son un aspecto extraordinariamente importante y casi universal de la vida humana. Consideren la palabra en sí misma. Para algunos es un anglicismo que es mejor obviar a menos que dé la casualidad de que uno sea angloamericano. Yo no lo soy. Soy australiano, pero aun así no estoy de acuerdo. ¿Qué alternativas hay? ¿Verse con alguien? ¿Salir juntos? Suena bastante forzado al oído moderno. Queda mejor decir que se tiene una cita.

Las citas son un ritual de cortejo y, sin embargo, raras veces lo vemos así. Reconocemos que los rituales de cortejo se producen en otras culturas; los identificamos en otras edades, en otras especies; pero no concedemos valor a las citas y no nos damos cuenta de lo significativas que son. Las citas son extraordinariamente importantes: en ellas pueden pasar cosas tremendas —traumáticas— que pueden alterar lo más profundo de la psique de la gente. Fue este discernimiento el que me llevó a grabar casos concretos con los que he topado, en los que ocurre algo en una cita que hace que aflore alguna patología personal o en los que la cita en sí produce un efecto patológico. Para mi asombro descubrí que las patologías abundan. Basta con que uno esté alerta para detectarlas y sacarlas a la luz, capa tras dolorosa capa. Las citas son causa, y síntoma, de grandes aflicciones.

Uno de los mayores problemas que hay con nuestro entendimiento teórico de las citas es que, simplemente, no percibimos el propósito del encuentro en sí. Si lo contemplamos como lo que en realidad es —un ritual de cortejo—, entonces podremos identificar las estructuras ocultas del ritual y eso nos permitirá detectar lo que de verdad sucede. Porque lo cierto es que las citas giran en torno al sexo. En el contexto convencional esto significa que el hombre invita a la mujer a un encuentro social, cuyo último fin es un encuentro sexual. Aunque lo más importante es que dicho encuentro no se produzca demasiado pronto. Naturalmente, las actitudes han ido cambiando a lo largo de los años, y la vieja pregunta: «¿Hasta dónde debe uno llegar en la primera cita?» a la generación actual le parece encantadora pero pasada de moda. Y, sin embargo, el momento escogido para involucrarse emocionalmente sigue siendo importante y puede resultar muy perturbador para ambas partes que las cosas vayan demasiado lejos, demasiado rápido, como sucedió en el siguiente caso.

G vino a mi consulta después de sufrir una lesión no accidental en el transcurso de una cita. La mujer le dio una bofetada, que le dislocó y fracturó la mandíbula. G precisó un tratamiento sustancial de un cirujano dentista, lo que fue particularmente desafortunado, porque a su debido tiempo reveló un miedo mórbido a los dentistas. Atacó al dentista, quien por suerte fue muy comprensivo y accedió a olvidar el asunto a condición de que G buscase la ayuda de un psiquiatra.

Yo me imaginé que la aparente fobia dental era un desplazamiento y que su miedo a los dentistas en realidad enmascaraba otro problema más complejo que se había revelado en su comportamiento durante la cita. En otras palabras, yo me pregunté: «¿Por qué esa mujer le ha pegado tan fuerte?» Algo me decía que aquí estaba la solución al problema.

Al principio, parecía que G era reacio a hablar del episodio original y volvía una y otra vez al tema del dolor dental.

G: Pero ¿es que no lo ve? Eso es lo que realmente me preocupa. No entiendo por qué es tan importante cómo me rompí la mandíbula; lo que importa es lo que me pasó después. Me dan miedo los dentistas.

Yo: ¿Los dentistas o las inyecciones? ¿O lo que duele el taladro?

G: Simplemente no me gustan los dentistas.

Yo: No creo que sea eso lo que de verdad le atormenta. Volvamos a la cita. ¿Qué ocurrió?

G: ¿Qué ocurrió? Pues que salimos juntos. Y luego me pegó. Fuerte. Me dislocó la mandíbula y se me cayeron dos dientes. Y luego vino toda esta historia de los dentistas.

Yo: Le sugiero que no hablemos de los dentistas. Me gustaría repasar lo que sucedió esa noche, paso a paso. Fue a recogerla a su casa, ¿no? Empecemos por ahí.

G: Está bien, si insiste. Fui a buscarla a su casa. Vivía en un cuarto piso. Llamé al timbre y abrió la puerta. «Ya casi estoy lista —me dijo—. Pasa.» Y entré. El piso era muy acogedor, muy femenino. Me sentía excitado sólo estando ahí, de pie, mientras ella se iba a la habitación a buscar el abrigo. Entonces volvió y salimos por la puerta principal.

Yo: ¿Y siguió excitado?

G: Mucho. Pero no creo que se notara. Sea como sea, fuimos hasta el coche, le abrí la puerta y luego rodeé el vehículo para sentarme en el asiento del conductor. En ese momento pensé: «¡Qué mujer tan maravillosa! Es realmente agradable, mucho más que la anterior, con la que sólo salí una vez». Entonces me senté y al cabo de un momento, sin previo aviso, me dio una bofetada y se bajó del coche. Me fui directamente al hospital. Me examinaron y me hicieron una radiografía de la mandíbula. El asunto les preocupaba. Después empezó todo lo de los dentistas.

Yo: Pero ¿por qué le pegó? ¿Le tocó con demasiado descaro? ¿Se insinuó?

G: ¡No, qué va! Ni siquiera la toqué. Sólo experimenté algo bastante emocional. Fue una cuestión fisiológica. Eso es todo. No pude evitarlo. Sentado ahí en el coche, tan cerca de ella. Fue demasiado para mí. No es la primera vez que me pasa; de hecho, me pasa en todas las citas.

La primera vez que visito a un paciente normalmente me hago una idea bastante acertada de la naturaleza general del problema, pero lo cierto es que no me había imaginado que estaba ante uno de esos casos de extrema rareza de eyaculación excesivamente prematura. Una vez detectado esto, pude tratar a G con bastante éxito, usando precisamente las técnicas apropiadas cuando un hombre tiene problemas de *ejaculatio praecox*. Los detalles del tratamiento son irrelevantes, pero incluían la evocación de imágenes mentales asociadas con temas no sexuales. Le dije que la próxima vez que tuviese una cita pensase en otra cosa y que tuviese presente esa imagen no sexual a lo largo de toda la velada. No debió de ser fácil para él, pero probablemente fue mejor que decirle que contara. En cualquier caso, funcionó bastante bien —después de un par de fracasos— y creo que G está ahora felizmente casado. Las personas casadas no necesitan tener citas, así que podría decirse que su problema se ha solucionado con bastante éxito.

El caso de G es ilustrativo no sólo porque demuestra que la elección del momento es importante, sino también porque retrata a un paciente que dijo la verdad de una forma ciertamente curiosa. Él no intentó ocultar su problema real hablando de los dentistas: de algún modo, los dentistas eran el verdadero problema —al menos en su opinión—. Cuando yo insistí en el asunto, no trató de esconder la causa de su ignominia social; muy al contrario, la desveló con bastante franqueza. Si un paciente no hace eso, la cosa puede complicarse, sobre todo si el paciente es un mentiroso compulsivo como me sucedió en el siguiente caso con Ms Ms.

No es buena la costumbre de permitirse sentir antipatía por un paciente, especialmente a primera vista. Y debo confesar que eso es lo que sentí en el momento que Ms Ms entró en mi consulta. Como es natural, no podía dejar que trasluciera, de modo que ella no tuvo ni idea de lo desagradable que me resultaba. Reflexioné sobre mis sentimientos mientras leía la carta de referencia de su médico. «No crea lo que le diga esta paciente —había escrito—. Simplemente, no la crea.»

Estuvimos hablando un rato de su familia. Estaba dispuesto a tomarme con cierto escepticismo cualquier cosa que me contara, pero por el momento casi todo era bastante corriente.

Ms Ms: Aún veo a mis padres con frecuencia. Ahora están jubilados y pueden venir a verme los fines de semana. Se quedan conmigo unos cuantos días y hacemos picnics, vamos a cenar y ese tipo de cosas. Aunque la verdad es que no me gustan nada los picnics con mis padres.

Yo: ¿Ah, no?

Ms Ms: No.

Yo: Pero, aunque no le gusten, tampoco le producen ansiedad. Eso sólo le pasa con los hombres, ¿no?

Ms Ms: Sí, tengo muchísima ansiedad.

Yo: ¿Y por qué cree que le pasa eso? ¿Le ha ocurrido algo desagradable en alguna cita? *(En este punto me pregunté si habría salido con G, pero habría sido demasiada coincidencia.)*

Ms Ms: Sí, ha acertado. Me pasó hará un par de años. Por aquel entonces sólo tenía veintidós años y no había salido con muchos chicos. La cuestión es que conocí a este hombre. O yo lo catalogué así entonces; de hecho, sólo tenía unos treinta años, treinta y pocos. Lo conocí a través de un amigo y me pareció bastante atractivo. Fue en una fiesta en el club de tenis y me fijé en que llevaba unos pantalones blancos largos y un jersey también blanco. Hacía bastante calor y lo encontré un poco raro, pero pensé que a lo mejor era friolero. Se llamaba M.

Yo: ¿M a secas?

Ms Ms: Sí, a mí también me sorprendió. M siempre me recuerda un personaje de las películas de James Bond, pero así es como se llamaba. Sea como sea, no volví a pensar mucho en él. La verdad es que creo que no pensé en él hasta que me llamó por teléfono al cabo de más o menos una semana.

M: Soy M. ¿Te acuerdas de mí? Nos conocimos en la fiesta de Roger, en el club de tenis.

Ms Ms: ¡Oh, sí! ¡Claro que me acuerdo! ¿Qué tal estás?

M: Bien, estoy bien. Me preguntaba si podíamos quedar algún día. ¿Qué te parecería ir a cenar?

»Quedamos para ir a cenar el viernes siguiente. Me dijo que conocía al chef de un restaurante italiano, probablemente el mejor de la ciudad. Yo le dije que siempre iba a restaurantes étnicos y que lo esperaría a las ocho.

»Fuimos en su coche. Me fijé en que el coche era bastante peculiar. Del salpicadero salía una palanca que tenía un curioso mango. Ahora sí que no pude evitar pensar en James Bond y me pregunté si la palanca en cuestión controlaría un asiento de eyección y si me *eyectaría prematuramente*.

»Durante el trayecto hacia el restaurante M no tocó la palanca y no quise preguntarle al respecto. Estacionó el coche y entramos en el restaurante. Al entrar noté algo en M de lo que no me había dado cuenta antes. Andaba bastante rígido, casi como si tuviese agujetas después de haber hecho mucho deporte. En realidad se movía como un soldado de plomo.

»El propietario saludó a M como a un viejo amigo y fue muy educado conmigo. Me besó la mano a la antigua usanza y me dirigió algún cumplido en italiano. Después nos acompañó a la mesa y nos sentamos. M seguía moviéndose con bastante rigidez.

»La cena, como M había pronosticado, fue exquisita. Luego, mientras tomábamos una copa de Sambucco y unos pastelillos de almendras, M me habló de su vida.

Yo: Eso sí que es raro. Normalmente la gente no hace eso. Cuentan un par de cosas sobre sus vidas, un par de datos, pero es raro que alguien le hable de su vida a otra persona.

Ms Ms: Bueno, pues M lo hizo. ¿Por qué iba a inventármelo? Ya le he dicho que había algo extraño en él. M no era una persona normal; no lo era en absoluto.

Yo: Lo siento. No debería haberle interrumpido. Continúe, por favor.

Ms Ms: Pues verá, me habló de su infancia y de que su padre había sido un conocido piloto de carreras. Conducía coches antiguos (esos tan raros de chasis alargado) y tenía mucho éxito. Era un padre maravilloso y M estaba orgulloso de él.

»Enviaron a M a un internado, porque su padre creía en ese tipo de cosas. Al principio a M no le gustó, ya que sus compañeros se metían con él y se reían de su nombre. Los niños son así, ¿verdad? Crueles, *como los hombres*. Entonces, un fin de semana, el padre de M apareció en el colegio en uno de sus antiguos Bugatti y los chicos no salían de su asombro. Ahora que se habían dado cuenta de quién era M y del tipo de padre que tenía, dejaron de molestarlo. Es más, algunos de los alumnos mayores incluso se acercaron a él para preguntarle si podían ir a su casa a pasar las vacaciones. Querían conducir un Bugatti, la clase de cosa que desea hacer la mayoría de los jóvenes, *como los hombres*.

»Cuando acabó el colegio ingresó a la universidad, pero le echaron al finalizar el primer año. No era porque no pudiera aprobar los exámenes, me dijo, sino porque tenía pasión por las carreras y pasaba todo el tiempo metido en el Bugatti que le había regalado su padre al salir del internado. Quería ponerlo a punto para competir y para ello necesitaba seis meses.

»Entonces llegó la primera carrera. Empezó a hablarme de ella y de lo emocionado que estaba ante la perspectiva que se le ofrecía, y de repente hizo una pausa y vi que la emoción le embargaba. Supe que algo horrible le había pasado y quise animarlo a que hablara conmigo. Quise consolarlo; la vulnerabilidad masculina siempre ha despertado mi instinto maternal.

»La mesa era muy pequeña y pude fácilmente tocar a M, cosa que hice. Alargué el brazo y puse la mano sobre su pierna, justo encima de la rodilla. Iba a darle unas palmadas, pero me quedé estupefacta. Mi mano estaba sobre metal. Me sentí abrumada y rápidamente le toqué la otra pierna. ¡También era de metal!

»Supongo que debí de haberme detenido ahí, pero me pareció que detenerme entonces habría sido una indiscreción. Así que le toqué el antebrazo con suavidad. Pero incluso esa ligera caricia fue suficiente para notar los hierros de un brazo artificial.

»Entonces M levantó la vista y me miró. "Sí —me dijo—, sufrí un terrible accidente en esa primera carrera. Me pusieron piernas y brazos artificiales. Por eso llevo guantes." Le miré las manos. Era sorprendente, pero la verdad es que no me había fijado en ellos. M tenía unas facciones muy marcadas, ¿sabe?; sólo le había mirado a la cara. Entonces siguió explicándome:

»—Y no sólo eso, también tengo otras cosas artificiales.

»Eso era más de lo que yo podía soportar. Aturdida, cambié de tema:

»—No hablemos más de esto. Hablemos de...

»—De ti —se apresuró a decir M—. ¿Te ha pasado algo alguna vez?

En este punto elaboré mi diagnóstico. Estaba nervioso, era el primer caso de este tipo de toda mi carrera. Fabulación: Ms Ms se lo había inventado todo. M no existía, y si existía, ella había distorsionado por completo su encuentro con él. No había ningún coche con una palanca especial, ningún Bugatti y desde luego ninguna extremidad artificial.

Sin embargo, mi excitación intelectual estaba entremezclada con el enfado. El fabulador que simplemente no puede evitar inventarse historias hace perder a la gente una enorme cantidad de tiempo. Estaba enfadado por haber sido utilizado de este modo, de la misma manera que se deben de sentir esos médicos a los que con ardides se persuade de que realicen delicadas operaciones a los enfermos de Munchausen. ¡Cómo se atrevía a sentarse ahí y contarme esa historia de una cita imaginaria!

Yo: Pare ahí, Ms Ms. Se lo ha inventado todo, ¿verdad? Me está mintiendo.

Ms Ms: ¡Oh! Veo que se ha dado cuenta. Sí, supongo que suelo exagerar un poco las cosas. Pero parte de lo que he dicho es verdad...

Lo interesante de la fabulación, lógicamente, es lo que las fábulas le dicen a uno de un paciente. Había un motivo para que Ms Ms se tomara la molestia de construir la historia de M. M, por supuesto, podría haber sido su padre, al que por alguna razón deseaba castrar. Como Freud había demostrado, es algo bastante normal en los chicos —en realidad, todos los hijos desean castrar a sus padres; es absolutamente normal—, pero ¿por qué iba a querer hacerlo una mujer? Creo que la clave estaba en el nombre que Ms Ms se había inventado para sí misma. Quería recalcar su estatus como mujer que no necesita a los hombres y para ello se había puesto el nombre de Ms dos veces. Pero había algo más; su deseo de castración iba mucho más lejos de lo habitual. Era un impulso de castración profundamente anormal: quería amputar todo —manos, brazos y piernas—. Es más, incluso le había acortado el nombre. Por eso su caso era tan extremo.

Pero ¿por qué deseaba enfatizar su aversión hacia los hombres? La razón era evidente: algún hombre la había tratado mal y estaba reproduciendo la hostilidad que sentía por todos los hombres a consecuencia de ese mal trato recibido. Estaba seguro de que si ahondaba más en el pasado de Ms Ms, encontraría a un chico o un hombre que la había rechazado o abandonado. Probablemente no había sido su padre. Sospeché que su padre le gustaba porque me había dicho (mintiéndome) que no le divertían los picnics con él. De modo que debía de tratarse de otro hombre. Por eso le dije:

—Hubo alguien en su vida, hace algún tiempo. Lo quería. Lo quería mucho. Pero él a usted no. Le hizo creer que le quería, pero no era así. Usted lo quería para siempre, porque eso es lo que quieren las mujeres. Quieren a los hombres para siempre. Pero este chico sólo jugó con usted y le abandonó. Se fue con otra chica. Y usted no la odió a ella, sino a él. Por eso ahora odia a todos los hombres, ¿verdad? Dígame, ¿es verdad o no?

Ella me miró fijamente, fingiendo sorpresa.

—No —respondió—. No es verdad.

Pero supe que mentía.

Si tratar con éxito a Ms Ms me hubiera llevado cierto tiempo, cuánto más no habría tardado en tratar al tercer y último caso que me gustaría referir, el de Gran Hans. Elijo este nombre para distinguirlo del célebre paciente por poder de Freud, Pequeño Hans. El problema que presentaba Gran Hans era el de alteración de la personalidad, que siempre resulta tenaz y casi siempre sin remedio. Uno no puede cambiar su personalidad. Para usar una metáfora popular, son las cartas que a uno le han tocado en la vida y tiene que aceptarlas.

Hans era hijo de un inmigrante austríaco que había montado una cadena de panaderías en Sydney y Melbourne, y que había prosperado mucho. Era hijo único —o eso pensaba él— y recibió todas las atenciones que una posición semejante suele conllevar. En concreto, sus padres se tomaron la molestia de traerle una institutriz de Austria llamada Irmgard, que olía a almidón y a hojaldre y que encarnaba todas las tradiciones de las niñeras austríacas. Irmgard, que tenía veintipocos años cuando llegó a Australia, era tirolesa y adoraba a Hans, a su Kleiner Hanslein, como insistía en llamarlo.

Yo: Me ha dicho que Irmgard siempre estaba ahí, ¿no? Que satisfacía todas sus necesidades.

Hans: Sí. Me despertaba por las mañanas y me bañaba. Detestaba la fontanería moderna y prefería llenar una bañera de hojalata y ponerla en medio de la habitación. Después me sacaba el pijama y me lavaba con su jabón especial, de aroma dulce, que se había traído de casa.

Yo: ¿Y hasta cuándo duró eso?

Hans: Hasta que tuve dieciocho años.

Yo: Ya veo. Por favor, cuénteme más cosas de Irmgard.

Hans: Era muy guapa, y no es un recuerdo idílico mío, lo demuestran las fotografías. Era rubia y tenía un cutis maravilloso. Mi madre solía decir que Irmgard era *prachtvoll aus*, que era espléndida, y que en Australia era imposible encontrar a alguien con esa piel. Le prevenía del sol, por eso creo que se pasaba la mayor parte del tiempo encerrada.

»Después del bañó me vestía. Nos quedábamos un rato delante de mi armario eligiendo lo que me iba a poner ese día. Irmgard se ocupaba de mi ropa y me compraba algo nuevo prácticamente casa semana. Tenía una hermana costurera en Viena, que con regularidad nos mandaba ropa que Irmgard había diseñado especialmente para mí. Le gustaba vestirme con un conjunto al estilo de la ropa que había llevado el emperador Franzi cuando era pequeño. Estaba lleno de botones y puños, y a los dos nos encantaba ponérmelo.

»Componía pequeñas canciones para mí; a una la llamamos *La canción para vestirse.* Una parte era en alemán (un alemán bastante curioso) y otra en inglés (le gustaba jugar con las palabras inglesas porque le parecían muy raras). Tenía una voz maravillosa y me enseñó a cantar. Me aprendí las palabras de memoria antes de saber su significado y nunca las he olvidado. Se la cantaré:

Mein kleiner Hans, Fancy pants!
Pretty Hans, King of France!
Oben-pants
Unter-pants
Let us dress
Den Kleinen Hans!

Yo: ¿Había más canciones? ¿Eran todas por este estilo?

Hans: Sí, más o menos. Algunas eran mejores que otras. *La canción para vestirse* me gustaba bastante, pero mi favorita era *La canción del baño.* ¿Le gustaría oírla?

Yo: Podría ser útil. De hecho, creo que estas canciones son muy importantes. Me imagino que esta canción en concreto la cantaba durante el baño.

Hans: Sí, durante el baño de la noche. Irmgard la cantaba.

Kleiner Hans, mit seinem Scruggel
Macht ein bischen Schmickel-Schmuckel;
Naughty Billy, mit seinem Villy,
Macht einen kleinen pantlich Hilly!

Yo: Intrigante canción. Pero ¿qué me dice de sus amigos? ¿Conocía a muchos chicos de su edad?

Hans: Sí, a bastantes. Solían reírse un poco de mí, sobre todo cuando llevaba el traje al estilo del emperador Franzi. De hecho, cuando Irmgard me llevaba de paseo por el barrio normalmente llevaba una pequeña pistola de juguete. Y cuando los demás niños se burlaban de mí o se reían, la sacaba del bolso y les apuntaba con ella. Se asustaban muchísimo. Después se hizo con una pistola de fogueo y les disparaba sin bala, pero de verdad.

Yo: Entonces, ¿era ella quien lo protegía?

Hans: Sí, pero sólo hasta que tuve seis o siete años. Luego ideé un sistema para cuidar de mí mismo. Pagué a varios compañeros fornidos para que molieran a palos a cualquiera que se riera de mí. Funcionó a las mil maravillas y siempre tuve dinero de sobra para costearme mi propia protección. Uno de los chicos a los que pagaba, y que vivía cerca de mi casa, era un hacha. Llevaba un cuchillo, y cuando yo se lo pedía, se lo clavaba en el trasero a los demás. Le pagaba muy bien.

Naturalmente, uno puede pensar que la infancia descrita por Hans era un ambiente hecho a medida para que se desarrollara en él una orientación predominantemente homosexual, y que los chicos que lo atormentaban, y a los que tanto temía en su primera infancia, se convertirían más tarde en sus objetos de deseo. ¿Por qué iba a querer clavarles un cuchillo en el trasero a sus compañeros? La respuesta es evidente: porque uno castiga aquello que desea, pero que le es negado. De ahí esas imágenes, habituales en determinado tipo de literatura erótica, en las que aparecen chicos inclinándose para ser azotados.

Pero estas conclusiones habrían sido bastante erróneas en lo que concernía a Hans: le gustaban las chicas y las encontraba sexualmente atractivas, como Irmgard descubrió. Por eso dejó de bañarlo a los dieciocho años. (A Irmgard, por el contrario, le gustaban los chicos a los que podía mimar y cuando Hans cumplió los dieciocho dejó de ser un chico y se convirtió en un hombre; y, por lo tanto, en una amenaza.)

Semejante entorno difícilmente podría describirse como normal y no es de extrañar que cuando Hans empezó a tener citas con chicas aflorara una cierta patología. Una vez más se confirmó la valoración que había hecho yo con anterioridad: las citas fueron un catalizador de aflicciones.

Hans: Empecé a salir con chicas a los diecisiete años. Irmgard se opuso, supongo que porque estaba tremendamente celosa, pero no le hice caso. Me dijo que a las chicas sólo les interesaba una cosa y yo le respondí que eso era lo que las chicas pensaban de los chicos, pero ella se limitó a exclamar *Tutsch! Tutsch!*, que era lo que decía siempre que no estaba de acuerdo con lo que pensaba otra persona. Era imposible discutir con ella.

»Ya no le dejé que me eligiera la ropa, pero para mí lo que me ponía seguía siendo muy importante, y a la hora de vestirme me esmeraba mucho. Me gustaban los azules claros porque solían combinar con todo. También me gustaban los castaños y los verdes pálidos.

»Dedicaba mucho rato a acicalarme. Tenía diecisiete cepillos diferentes y ocho peines. También tenía colonias especiales, que usaba según los días. Los lunes me ponía la de sándalo y los martes la de laurel, etcétera.

Yo: Muy ritualista. ¿Y por qué destinaba tanto tiempo y energía a todo esto?

Hans: Pues porque quería estar perfecto, naturalmente; sobre todo cuando salía con una chica. A ellas también les gustaba. Me consideraban muy elegante y les gustaba como olía. Decían que ningún chico olía así.

»Solíamos ir a alguna cafetería y nos quedábamos horas allí. Yo, siempre que podía, me sentaba junto a la ventana para ver mi reflejo. A veces a las chicas esto les ponía nerviosas y me decían algo así como: "No sé para qué sales conmigo, si lo único que haces es mirarte en la ventana". Yo me reía y les decía: "Lo que tú digas, encanto. Lo que tú digas. Pero ¡soy único!"

Aunque Hans no hubiese dicho nada más, el diagnóstico se habría confirmado sin ningún género de dudas: personalidad narcisista. Un estado extremadamente complejo e infeliz que concierne a todos los demás. Hans estaba enamorado de sí mismo y no sería feliz hasta que hubiese solucionado esa relación insatisfactoria, relación que, por su misma naturaleza, era irresoluble. Además, las implicaciones iban más allá. El narcisista puede permanecer eternamente atrapado en su propia infelicidad, pero más infelices hace todavía a los demás. Buscará y buscará, y nunca encontrará lo que busca, porque la persona a la que busca es a él mismo. Y el problema de buscarse a uno mismo es que la búsqueda es intrínsecamente imposible, porque uno nunca puede verse desde fuera. Sólo el espejo puede ayudar a ello, pero el narcisista sabe que es el truco más barato. ¡Pobre Hans!; pero entonces dijo:

Hans: Solía tener cinco o seis citas semanales. A menudo salía con chicas distintas en la misma semana y eso requería planificación. Por no decir destreza. Tenía que ir con cuidado para no ir dos veces seguidas al mismo bar, por si acaso la chica con la que había estado el día anterior me iba a buscar allí. No podían alejarse de mí. Sí, no me sentía orgulloso de ello, pero realmente no podía evitarlo. Era como si estuviese buscando a alguien, alguien que no estaba ni en Melbourne ni tampoco en Australia.

»Supongo que algunas de las chicas tenían motivos para estar enfadadas conmigo. Hubo una en concreto que, al parecer, me tenía más ganas que las demás...

No es inusual encontrar que la personalidad narcisista despierta en otros sentimientos de hostilidad. A algunas personas les molesta ser utilizadas para la autosatisfacción del narciso e intentan hacer algo al respecto. Sin embargo, a menudo es un gesto desesperado que puede tener consecuencias bastante inesperadas...

Hans: Esa chica, esa verdadera hija de puta, me llamó por teléfono y me dijo que había alguien muy interesado en conocerme, pero que era una persona muy tímida y no se atrevía a pedirme que saliera con ella. Y que si me acercaba yo a su casa, no me decepcionaría.

»¿Quién podía resistirse a semejante invitación? Yo, desde luego, no, de modo que accedí a ir el sábado por la noche a la dirección que ella me dio. Me estarían esperando, me dijo, su amiga estaba impaciente.

»Llamé al timbre y me abrieron la puerta; era yo. Era como si me estuviese mirando en el espejo. Ese tipo era exactamente igual que yo, exactamente igual. Era mi doble.

»Nos miramos durante unos instantes, boquiabiertos. Y entonces él dijo: "Me habían dicho que vendría una chica. No te esperaba...". Yo podría haberle dicho lo mismo, pero me había quedado sin palabras. Habíamos sido víctimas de una broma cruel. Esta chica debía de considerarme un engreído.

Yo: Pero debió de alegrarle verse a sí mismo ahí de pie.

Hans: Pues me imagino que un poco sí. Pero me sentía humillado, me sentía insultado. Y, además, estaba preocupado por esta persona que se parecía a mí.

Yo: Estaba preocupado porque se parecía a usted, sin ser usted. Lo consideraba un rival.

Hans: Si usted lo dice. En cualquier caso, me fui de allí bastante enfadado. Y aún lo estoy, por eso he venido a verle. ¿Puede hacer algo para ayudarme?

Yo: No, no puedo hacer nada.

La historia de Gran Hans tiene un epílogo. Hace varias semanas recibí una carta suya en la que me decía que había descubierto algo extraordinario. Sus padres acababan de informarle de que le habían estado ocultando algo. Tenía un hermano gemelo que había muerto al nacer. Ahora Hans sabía que lo había conocido en aquel desafortunado encuentro. Pero ni siquiera ese descubrimiento le había hecho feliz.

«No estoy buscando a mi hermano —decía la carta—. Lo último que quiero encontrar es un hermano.»

Ahora estaba todo claro. Yo había estado a punto de culpar a Irmgard del desarrollo narcisista de Hans, pero probablemente ésa era sólo una parte de la historia. Hans sabía que había otro como él. Lo había conocido en el útero y luego lo había perdido. Y en el útero había visto que su hermano era su doble. Al ir creciendo y ver que su hermano simplemente no estaba ahí, supo de manera intuitiva que faltaba algo, y que ese algo era exactamente como él. Estaba preparada la base para la personalidad narcisista; Irmgard, su bañera de hojalata, sus canciones y su traje al estilo del emperador Franzi apenas si influyeron en lo que ya estaba sembrado.

Durante un tiempo pensé que poco podía hacer por Hans, pero de pronto se me ocurrió que podía aconsejarle algo que tal vez le ayudase. Le pedí que viniera otra vez a verme y le di el consejo.

—Deje de buscar en vano su satisfacción en otras personas —le sugerí—. Deje de citarse con chicas. ¡Cítase consigo mismo!

Me miró con recelo.

—¿Se refiere a que salga... solo? ¿Es eso lo que quiere decir?

—Sí —afirmé—, eso es justo lo que quiero decir. Será mucho más feliz; estoy seguro.

Estuvo pensativo unos instantes.

—Entonces cuando salga simplemente... simplemente tengo que bailar solo. ¿Es eso?

—Sí —contesté—. Ya verá cómo lo disfruta. Y llévese a usted mismo a cenar y al cine. La persona que de verdad le gusta es usted mismo. Acéptelo.

Hans sonrió, visiblemente alegre con la sugerencia.

—Quizá tenga razón —me dijo—. Quizás haya estado perdiendo el tiempo con todas esas citas.

—¡Desde luego que sí! Usted con quien está a gusto es consigo mismo, Hans. Se lo aseguro.

—Y me saldrá más barato —apuntó—. ¡Piense en el dinero que me ahorraré!

—Sí —dije yo—. El cincuenta por ciento.

Frunció las cejas.

—Pero ¿y qué pasa con el sexo? —preguntó—. ¿Qué pasa con...?

Yo ya había contado con esa pregunta.

—¿A quién quiere realmente encontrarse en la cama cuando se despierta por las mañanas, Hans? ¿Qué cabeza quiere ver sobre la almohada? Contésteme con sinceridad.

Hans sonrió.

—Supongo que a mí. Sí, a mí. Mi cabeza.

—Pues ahí lo tiene —concluí, y añadí—: Ahora es usted más feliz, Hans, ¿verdad?

Él sonrió.

—Mucho más —respondió.

Calwarra

No vivían en Calwarra —que todo el mundo denominaba simplemente «la ciudad»—, sino a unos ocho o nueve kilómetros de distancia, junto a una de esas polvorientas carreteras semiasfaltadas que dan la impresión de ser eternas, pero que, finalmente, conducen a un bosque de eucaliptos, a ninguna parte, en realidad. Su desvío, señalizado únicamente por un desvencijado poste, estaba justo pasado el giro del granero, que era su elemento más destacado.

«La primera a la izquierda después del silo», era una manera sencilla e infalible de orientar a las visitas, que, de cualquier manera, eran escasas.

De pequeña había jugado en sus sombras y siempre había pensado que el silo era suyo, aunque, claro está, pertenecía a la ciudad. Aquí se traía el grano de todas las granjas circundantes y se cargaba en trenes que lo transportaban al puerto para embarcarlo. Durante varias semanas al año, cuando se traía la cosecha, el granero era el centro de actividad; el resto del tiempo estaba desierto. Pero, incluso entonces, el silo era la prueba de la importancia de la ciudad, de su prosperidad económica. Era lo que le daba sentido a Calwarra, autorizaba su existencia en un país donde un lugar no podía existir meramente porque siempre había estado allí.

Vivía sola con su padre, que ahora tenía sesenta y tres años y estaba dispuesto a jubilarse, si podía. Su madre había fallecido al poco de cumplir ella doce años, dejándolos tras una enfermedad brutalmente breve. Después su padre se había recluido en sí mismo, centrándose en trabajar la tierra. Las mujeres de la familia se habían ofrecido a llevársela, una de sus tías se había incluso presentado en la granja para exponer sus argumentos sin saber que su sobrina estaba escuchando todo.

—No puedes cuidar de esta niña, Jack —le había dicho—. Las niñas no son como los niños. Necesitan a otras mujeres. Necesitan a alguien que pueda aconsejarles. Y un padre no puede hacerlo, simplemente no puede, por muy buenas que sean sus intenciones.

Ella había oído a su padre replicar:

—Es mi hija. Ésta es su casa. ¡Maldita sea! Algún derecho tendrá un padre a estar con su hija, ¿no? ¿O es que eso también lo han suprimido? Dime, ¿lo han hecho?

La tía había cambiado de táctica.

—Nunca te perdonará, si la mantienes aquí encerrada. Estás echando a perder sus oportunidades. Si viniera conmigo a Ballarat, crecería aprendiendo a desenvolverse, a hacer amigos, a llevar una casa y cosas por el estilo.

Él había permanecido unos instantes en silencio. Después había dicho:

—Puede llevar esta casa. Adquirirá toda la experiencia que necesite, aquí mismo, donde pertenece.

—Pero ésta no es vida para una niña, Jack; sé razonable.

Él había hecho una pausa antes de contestar lo que zanjaría la discusión.

—Muy bien —había dicho—. Pregúntale a ella. Pregúntale si quiere quedarse aquí, en su casa, o irse contigo a Ballarat. Pregúntaselo. ¿No dicen que hoy día hay que consultarles las cosas a los niños? Pues muy bien. Si dice que prefiere irse contigo, llévatela. Pero si dice que prefiere quedarse, se quedará.

El corazón de la tía dio un vuelco. Por supuesto que su sobrina diría que no: ¡que le preguntara! ¡Que le preguntara! Así saldrían de dudas. Pero la tía, consciente como su hermano de que los niños raras veces eligen abandonar lo que les resulta familiar, supo que no tenía sentido formular la pregunta. De modo que resopló resignada, murmurando espantosas advertencias sobre lo que les pasaba a las chicas que vivían en granjas sin tener nunca la oportunidad de recibir una educación adecuada. Entonces pasaron a otro tema —discutieron sobre una disputada herencia y la perfidia de un pariente lejano— y ella, perdiendo interés, se quedó sentada en su cuarto, con la puerta aún entornada, y sollozando en voz baja por su madre muerta sin que los adultos que estaban en el salón la oyeran.

Para la secreta decepción de sus hermanas, Jack se las arregló bien. Frustrados sus planes, sólo una de ellas le felicitó en una ocasión y a regañadientes.

—Está creciendo bien, Jack —le había dicho en una boda de un miembro de la familia en la que habían coincidido—. No debe haberte resultado fácil.

Pero lo cierto era que le había sido más fácil de lo que se había imaginado. Cada mañana la había llevado en coche a la ciudad, a la escuela, y jamás se había retrasado al ir a recogerla por las tardes, fuera lo que fuera lo que hubiera pasado en la granja. Le compraba él mismo la ropa, dejando que ella eligiera, y siempre había ido bien vestida. Había esperado con temor la rebelión de la adolescencia, las discusiones para salir hasta tarde, para dejar que después de las fiestas la trajeran a casa chicos que se acababan de sacar el carné de conducir; pero no hubo nada de eso. Sus amigos —o aquellos a los que había conocido— parecían simpáticos y educados. Eran hijos de otros granjeros o de otra gente de la ciudad y ahí no había sorpresas. Como era natural, organizaban fiestas, pero en esas ocasiones la dejaba quedarse en la ciudad con ellos y volvía siempre puntualmente, cuando había dicho que volvería. Le dio una punzada al percatarse un día de que en sus propias narices, casi sin haberse dado cuenta, su hija había crecido, y su madre y ella eran como dos gotas de agua; personas discretas y estoicas, que podían con todo y que tenían buenas espaldas.

El pensamiento le llenó de un extraño orgullo. Habría sido diferente, si su mujer hubiese vivido, por supuesto. Habría podido darle mucho más a su hija, pero al menos él había cumplido su palabra. Durante esos últimos y cruelmente fugaces días en el hospital, no había podido hablar con su mujer, aunque ella había sido del todo consciente de lo que sucedía. Lo único que le dijo al respecto fue: «Cuida bien de ella, Jack»; y él había asentido, cegado por las lágrimas e incapaz de decir nada.

En la escuela, donde el nivel de exigencia era bajo y los profesores en su mayoría mediocres y complacientes, le fue bastante bien. Era especialmente buena en dibujo, y su profesora, que a diferencia de sus colegas tenía imaginación, la animó a que se planteara estudiar bellas artes.

—Podrías entrar —le dijo—. Podrías obtener una plaza en Melbourne o tal vez en Sydney. Y luego, si todo fuese bien, quizá podrías ir a otro sitio. Podrías viajar al extranjero, ir a la Slade School de Londres, a París o algún sitio así. Imagínatelo.

A la chica se le iluminó la cara; pero dudaba que lo consiguiera. Era una chica de campo, criada en medio de la nada, donde uno se conformaba con las hormigas, las enfermedades de las ovejas y cosas por el estilo. Uno no podía simplemente subirse a un autobús y viajar a París o incluso a Melbourne. ¿Quién lo pagaría? ¿Quién pagaría el billete? A duras penas llegaba ahora el dinero; nunca habría suficiente para algo así.

—Mira —insistió la profesora—, no lo digo por decir. Podrías ser artista. Es una cuestión de talento, y tú lo tienes; de verdad que sí.

—Gracias. —No estaba acostumbrada a los cumplidos y no supo qué responder.

—¿Le has hablado a tu padre de esto? —preguntó la profesora—. ¿Has hablado de tu futuro con él? ¿Qué opina él?

Ella clavó la vista en el suelo. No había hablado con él. No habían dicho nada al respecto.

—¿Por qué no hablas con él? ¿Por qué no le preguntas qué le parece lo de irte a Melbourne? No pasa nada por plantearlo.

La profesora estaba al tanto. Sabía que Jack Cogdon era uno de esos casos solitarios y bastante patéticos, que se aferraba a una granja que realmente no podría conservar eternamente y dependía de su hija para la cocina y el cuidado de la casa. No era la primera vez que se encontraba con un caso así. Pero esta chica era distinta, tenía talento. Sí que había chicas que encajaban a la perfección con ese tipo de vida, pero a ésta había que evitárselo.

Lo mencionó una noche durante la cena, después de haberle puesto delante un plato de estofado de rabo de buey y verduras, y sentarse en el otro lado de la mesa.

—Tengo que pensar en lo que haré cuando acabe la escuela —comentó—. Sólo me faltan dos meses.

Él se quedó desconcertado, pero esbozó una sonrisa.

—Pues yo no lo hubiera dicho. ¡El tiempo vuela! —exclamó.

Ella permaneció unos instantes callada antes de continuar:

—La señorita Williams, la conoces, ¿verdad?, cree que debería intentar entrar en bellas artes. Tal vez en Melbourne.

Él hundió el tenedor en la carne, esquivando su mirada.

—¿Por qué no? —repuso él—. Haz lo que quieras. Es tu vida.

Eso fue todo lo que dijo, pero ella sabía que estaba intranquilo. Durante el resto de la cena se mostró ansioso, pese a la sensación de normalidad que trató de dar, sacando a relucir temas triviales y sin importancia, y pasando de uno a otro con rapidez y sin sentido. Naturalmente, sabía lo que él sentía. Si ella se iba, él nunca podría jubilarse. Trabajaría en la granja hasta que ya no pudiera más y luego la vendería. Se trasladaría a la ciudad, a una de esas pequeñas casas llenas de granjeros retirados que no hacían nada en todo el día y añoraban sus granjas perdidas. Lo que él quería, evidentemente, era que ella se casara con el hijo de un granjero que ocupara su puesto; un chico de campo, un chico que supiera cómo llevar un lugar como éste; es más, alguien como el pequeño de los Page, quien, con dos hermanos mayores, nunca tendría la oportunidad de dirigir la granja familiar. Por lo que se veía, era un granjero de pies a cabeza.

Fue Jack quien le dijo algo al padre mientras tomaban una cerveza en el Bar Masónico, donde ocasionalmente se encontraban.

—Supongo que tendré que dar la granja por perdida un día de éstos. No tengo la suerte que tienes tú con tus hijos, Ted.

El otro hombre sonrió.

—Pero a veces son muy difíciles de manejar, los sinvergüenzas. Tú sí que lo has tenido fácil. —Hizo un alto. Aquello resultaba incómodo; era la tragedia no dicha que vivían los granjeros que no tenían hijos varones.

—¿Y tu hijo pequeño? Habrá que hacer algo con él. ¿Qué piensa hacer?

El otro hombre cabeceó.

—De momento está bajo mi tutela. Ha estado fuera trabajando para Harrison, pero no han podido seguir teniéndolo. Claro que hay muchas cosas que podría hacer. Es un buen mecánico. Sabe hacer reparaciones. Podrían contratarlo temporalmente en algún taller...

—Pero es un granjero hasta la médula.

—Exacto.

Durante unos instantes ninguno de los dos dijo nada. Luego Jack levantó la vista de su vaso de cerveza.

—Tal vez se llevaría bien con mi hija Alice. Quizás hagan buenas migas. —Se rió—. Los jóvenes no siempre ven las cosas de la misma forma que nosotros, pero ¿por qué no...?

El otro hombre sonrió.

—Podría ser peor, ¿no crees? Mi hijo podría juntarse con alguna casquivana que lo llevara de cabeza y tu hija podría encontrar a alguien, en fin, a alguien que...

—A mí tu hijo me parece bien. No tendría que sacar mi escopeta. —Se detuvo—. ¿Podrías dejar caer la idea de alguna manera?

El otro hombre estaba indeciso.

—Eso ya no se hace, estamos en 1961.

Jack dejó el vaso.

—Mándamelo a la granja. Le daré trabajo durante unos cuantos meses. Hay un montón de labores de mantenimiento pendientes. Me has dicho que sabe hacerlo, ¿no?

—Sí, sí que sabe.

Ella escribió a Melbourne y le pidieron que les enviara un portafolio con sus trabajos. Esto le alarmó, porque había guardado muy pocas cosas y realmente no se había imaginado que alguien querría ver sus dibujos.

—No tiene importancia —le comentó la profesora de dibujo—. Haz algo especialmente para ellos y envíaselo. Un portafolio no significa que tengas que mandar un montón de dibujos. Sólo quieren ver lo que eres capaz de hacer.

De modo que hizo varios dibujos a lápiz y con tinta —de la granja, del silo, de una naturaleza muerta, de una de sus amigas—, y los envió. No le dijo a su padre que había solicitado una plaza; la discusión que habían mantenido se había quedado curiosamente suspendida en el aire y ella no se atrevía a volver a hablar del tema.

Entonces esperó. Los dibujos habían sido enviados desde la escuela y allí sería donde recibiría la respuesta. Pasaron unas cuantas semanas y se imaginó sus dibujos en Melbourne, completamente perdidos, en un montón con otros dibujos procedentes de todo el país. Pero, al fin, contestaron diciendo que les gustaba su trabajo, pero que creían que tal vez estaba verde todavía; y que, de cualquier manera, ese año tenían un problema de plazas, pero que, condicionalmente, la aceptarían al año siguiente, si sacaba en los exámenes las notas que ellos pedían.

—Eso significa que has entrado —apuntó la profesora—. Si quieres, podrás ir. Esto de esperar un año probablemente sea una buena idea. Podrías irte un año al extranjero al acabar la escuela; hoy en día lo hace mucha gente.

Se llevó la carta a casa, escondida entre las páginas de un libro de texto, pero no tuvo el coraje de enseñársela a su padre. La cogió, la leyó de nuevo y la metió en su cajón, en su cajón secreto, donde guardaba su diario y sus fotografías. Esperaría a que llegara el momento para poder hablarlo con él. Ahora estaba muy atareada con los exámenes finales y el baile de fin de curso. Por algún motivo, le daba la impresión de que no era el momento adecuado, y, de cualquier manera, su padre no había dicho palabra acerca de lo que pasaría cuando acabara la escuela.

Se encontró a sí misma organizándose el año. El banco había enviado una circular a la escuela diciendo que tenían dos vacantes provisionales que podrían venirles bien a aquellos que «aún no se hubiesen decidido». Fue a ver al director, que ya la conocía, como pasaba con todo el mundo en la ciudad, y que se alegró bastante de darle el trabajo.

Se lo comunicó a su padre, y luego le contó lo de la escuela de bellas artes, que, a decir verdad, ya no podía seguir posponiendo. Él no pareció muy sorprendido, casi como si se lo hubiese esperado, y le dijo que buscaría la manera de reunir el dinero para costear los gastos.

—Ya tendremos tiempo para pensar en todo eso —aseguró—. Podrías ahorrar algo de lo que cobres en el banco. Te acompañaré por las mañanas, como siempre.

Después le comentó que el hijo de los Page iría a trabajar a la granja durante unos meses.

—¿Te acuerdas de él? ¿Del hijo pequeño?

Ella arqueó las cejas.

—Creo que sí. Pero los confundo. Iban todos unos cuantos cursos delante de mí en la escuela.

—Me ayudará a hacer algunas cosas en el pajar y también con los tractores. Al parecer, se le da bastante bien la mecánica.

Ella asintió.

—¿Cómo se llama?

—John —contestó él—. Están Bill y Michael, que son los dos mayores, y luego está John.

Nunca tuvo que decirle al chico lo que tenía que hacer. Sin ninguna ayuda desmontó la segadora, que él se había temido que tendría que cambiar, y repuso todos los anillos de los émbolos. Raspó el óxido y la suciedad, y al cabo de un par de semanas el motor funcionaba con la misma suavidad que cuando le enviaron la máquina, quince años atrás. Después empezó con los tractores, y también los arregló, y pintó los guardabarros de color rojo intenso, que era el color que le gustaba a Jack para todas las máquinas de su granja.

Al principio ella lo vio poco, porque se iba de la granja a primera hora de la mañana para llegar puntual al banco, y John aún vivía en la granja de su padre e iba al trabajo en furgoneta. Sin embargo, a veces estaba todavía allí cuando ella regresaba a las seis e intercambiaban algunas palabras.

Se había fijado en él —de esa manera—, naturalmente. Era alto, bastante delgado, y tenía esa particular mezcla de pelo negro y ojos azules que siempre le llamaban la atención. Le parecía atractivo, pero no pensó mucho más en él. Era simplemente un chico más de alguna granja; como todos los chicos con los que había coincidido en la escuela, nada especial.

Era educado con ella cuando la veía, y dejaba lo que estaba haciendo para hablar con ella mientras se frotaba las manos sucias contra el lateral de sus pantalones de trabajo. Hablaba despacio, como si pensase con detenimiento en lo que decía. A ella le daba la impresión de que era un tanto anticuado, era respetuoso como si estuviese tratando con una mujer mayor.

Al tercer fin de semana de haber empezado, Jack le invitó a comer con ellos el domingo. John llegó elegantemente vestido —hasta entonces ella sólo lo había visto con la ropa de trabajo—, con el pelo peinado y engominado. Se sentó a la mesa tieso y sonreía cada vez que ella le decía algo, como si estuviese desplegando sus mejores modales. ¿Arrugaría en algún momento la frente o sonreía inevitablemente?, se preguntó ella.

Después de comer tomaron té en el porche. Su padre se levantó y entró para hacer una llamada, dejándolos a los dos solos.

—Espero que no te esté haciendo trabajar muy duro —dijo ella—. Siempre que llego a casa te veo cansado.

—Estoy acostumbrado —repuso él pausadamente—. Mi padre siempre nos ha hecho trabajar duro.

Entonces ella lo miró, y él le devolvió la mirada, sonriendo.

—¿Y qué tal el banco? —inquirió él—. ¿Tienes mucho trabajo?

—A veces sí —contestó ella—. Pero otras veces no tengo nada que hacer y, en cierta manera, eso es peor. Me quedo allí sentada esperando a que me den algo y las horas pasan bastante despacio.

Él asintió. Hubo un silencio. Ella miró a lo lejos, a su triste intento de césped y al destartalado cuadro de cañacoros. Podía divisar el silo a través de la hilera de eucaliptos y la oscura línea de la vía del ferrocarril, que serpenteaba entre la vegetación. Más allá no había nada más que la tierra marrón y una enorme bóveda celeste. Aquí no había nada que pintar, dijo para sí, nada. Unos cuantos trazos bastarían para llenar una hoja en blanco. Era el vacío.

De repente él dijo:

—¿Te gustaría ir a bailar? El sábado que viene habrá baile en el salón.

Ella no había contado con esto y contestó sin pensar:

—Sí, me encantaría. —Y, viendo que él se relajaba, añadió—: Gracias.

Ahora, al oír los pasos del padre sobre las tarimas del suelo, él habló más deprisa.

—Te recogeré el sábado a las siete. Aquí mismo.

—Estupendo.

El padre se reunió de nuevo con ellos sentándose despacio en la vieja silla de mimbre.

—El sábado que viene iré a Ballarat a jugar a bolos —anunció—. Ya está todo organizado.

Ella asintió.

—Y yo iré a bailar. John acaba de invitarme. ¿Te parece bien?

—Sí —afirmó lanzando una mirada al joven y apartando la vista rápidamente—, muy bien.

Aquella semana ella no lo vio. Estaba trabajando en una de las vallas y eso lo mantuvo alejado en una de las zonas más distantes de la finca. Ella pensó en el baile y se preguntó si había hecho bien aceptando la invitación. ¿Le había pedido que saliera con él —como en una cita— o no se trataba más que de un simple baile al que todo el mundo iría, acompañado o solo? Daba igual.

¿Y si de ahí saliese otra invitación —al cine, por ejemplo— menos ambigua? ¿Debería ir? ¿Quería hacerlo? En cierta manera, sí. Era un chico atractivo y le gustaba la idea de salir con alguien en quien sus amigas se fijarían. Pero apenas lo conocía, pensó. Casi no habían hablado y se dio cuenta de que no sabía nada de él, aparte de cómo se llamaba y de que arreglaba segadoras y tractores.

Llegó antes de lo que había dicho. Su padre no llegaría de los bolos hasta más tarde, porque siempre se iban a tomar algo después de los concursos. De modo que estaba sola en casa y desde el fondo del pasillo le dijo a John que la esperara en la sala.

Cuando ella apareció, él se levantó, sujetándose con las manos los laterales de la chaqueta. La miró y, como siempre, sonrió; ella intuyó que le gustaba cómo iba vestida y se sintió halagada. Él señaló la puerta y salieron de la sala dejando una luz encendida para cuando su padre volviera. En la cabina de la furgoneta hacía frío y olía a polvo. Ella deseó que él condujese despacio para que el polvo del camino no se levantara y estropeara su vestido.

Viajaron en silencio. La carretera estaba desierta, como todas las noches, y las luces de la ciudad, a lo lejos, eran lo único que mitigaba la oscuridad. Palpó la correa de su bolso y pensó: «Es una cita. Así es una cita. Estoy saliendo con un chico».

El salón de baile estaba iluminado y había coches aparcados a ambos lados de la calle que rodeaba el edificio entero. Él acercó la furgoneta a una de las plazas de aparcamiento y entraron en el iluminado salón donde había una banda tocando música. Al entrar las mujeres hacían cola para mirarse en el único espejo que había, y que tenía manchas de mosca. Ella se miró por encima y fue a reunirse con él a la entrada, donde John la esperaba incómodamente.

Encontraron una mesa y se sentaron. Él le invitó a una bebida del bar montado para la ocasión, un vaso de sidra, y para él pidió una lata de cerveza. Ella echó un vistazo a su alrededor; naturalmente, conocía a todo el mundo, allí no había nadie inesperado. Incluso la banda le resultaba familiar; uno de los músicos, el batería, trabajaba en el banco. Captó su atención y le hizo un guiño. Ella le devolvió la sonrisa.

La música empezó en serio y bailaron. Al final de la primera canción ella esperó expectante, pero John no hizo nada. Se limitó a quedarse donde estaba, de pie, aguardando a que la música empezase de nuevo. Entonces reanudaron el baile.

Cuando se sentaron había demasiado ruido para hablar; así que se limitaron a permanecer sentados frente a la mesa mirando a su alrededor. Él le dijo algo, pero ella no logró entenderlo y se encogió de hombros. Le invitó a otro vaso de sidra y ella se lo bebió, sedienta por el baile. El alcohol hizo que rápidamente se mareara, notando el efecto de la bebida. No era desagradable.

A las once en punto la gente empezó a marcharse. John miró su reloj y ella asintió. En el guardarropa, mientras recuperaba su abrigo, vio a una chica sentada en la única silla que había, sollozando, con una amiga de pie a su lado.

—Lo ha hecho sin querer —le dijo la amiga—. Seguro que no lo ha hecho adrede.

—Sí que lo ha hecho adrede, sí —sollozaba la otra.

La amiga alzó la vista y sus miradas se cruzaron, compartiendo un momento de camaradería con ella, como diciendo: «Éste es nuestro sino. Es lo que nos toca aguantar. Los hombres».

Regresaron y estacionaron la furgoneta delante de la casa. No había luz en el interior, la oscuridad era total. Permanecieron unos instantes sentados en una intimidad que a ella no le resultó incómoda, pero las palabras «¿y ahora qué?» le acudieron al pensamiento. La cita había llegado a su fin. ¿Y ahora qué?

Él dijo:

—Me ha gustado el baile, ¿y a ti?

—A mí también me ha gustado. Ha sido... ha sido genial.

Entonces, de repente, él se acercó a ella, y ella notó su hombro contra el suyo. Él buscó su mano y la cogió. Ella tembló; no sabía qué hacer. Esto era lo que venía ahora.

Ella notó que él se acercaba aún más. Le había apartado el brazo y había puesto una mano sobre su pecho. Sintió su aliento en la mejilla, y después sus labios. «Esto es muy raro. Es excitante. Es extraño», pensó.

Ahora él le susurró:

—¿Podemos entrar? No haremos ruido. No despertaremos a tu padre.

Ella dijo sin pensar:

—Sí, entremos.

Él añadió:

—No enciendas la luz. Me quitaré los zapatos.

Entraron en la sala, andando a tientas entre los muebles, y cuando llegaron al sofá, él la agarró y tiró de ella para que se tumbara con él. Ella soltó un grito de sorpresa, pero se contuvo. Ahora estaban en el sofá, y él la cubría de besos que ella le devolvía mientras le cogía por la nuca. Notó sus manos sobre ella, en sus hombros, debajo de su vestido, y quería detenerlo, pero no quería que parara.

—¿Podemos ir a tu cuarto? —susurró él—. Estaríamos mejor allí.

De nuevo ella quiso decir que no, pero no lo hizo, y recorrieron el pasillo de puntillas, pasando por delante de la puerta cerrada de la habitación de su padre. Entonces, aún a oscuras, se echaron en la cama.

Ella llegó al clímax, asombrada, asustada. Amaneció y él todavía estaba ahí, dormido, rodeándole los hombros con el brazo. Ella volvió a cerrar los ojos y luego los abrió, y él seguía ahí, su pecho subía y bajaba al respirar, y tenía el pelo negro enmarañado. Ella le apartó el brazo de debajo de sus hombros y él se movió.

—¡Oh, Dios! —exclamó incorporándose—. No era mi intención quedarme.

Se levantó de un salto y miró su reloj. Ella también se incorporó, pensando: «En realidad, no ha pasado nada grave. No hemos hecho el amor». Pero le consternó lo sucedido, como si hubiese hecho algo imperdonable.

—Sal por la puerta de atrás —sugirió ella—. Mi padre debe de estar en la cocina. Tendrás que andar hasta la parte delantera y coger la...

—Seguro que ha visto la furgoneta —comentó despacio—. Sabrá que he pasado aquí la noche.

Ella se recostó en la cama, tapándose los ojos con las manos. Y luego notó que la cama se hundía cuando él se sentó a su lado.

—Hablaré con él —le aseguró—. Iré a hablar con él ahora mismo.

—¿Y qué le dirás? ¿Que hemos dormido juntos?

Él sacudió la cabeza.

—Le preguntaré si podemos comprometernos.

Ella mantuvo las manos donde estaban.

—¿Y qué pasa conmigo? ¿Acaso no...?

Ella pensó en su padre. ¿Cómo daría la cara después de esto? ¿Cómo iba a creerla si le decía que no había pasado nada? En más de una ocasión, abochornado, su padre le había dicho: «Una de las cosas en las que tu madre creía era en que había que reservarse para el hombre con el que una se fuera a casar. Recuérdalo».

Él se levantó de la cama y ella abrió los ojos. Lo vio cruzando la habitación hacia la puerta, dudando brevemente, y luego girando el pomo. Fuera, se oía el ruido de la radio procedente de la cocina. Su padre estaba levantado. Se daría cuenta.

El sábado siguiente fueron al cine. Él le había comprado el anillo, como había dicho que haría, y lo deslizó en su dedo mientras estaban sentados en la furgoneta antes de arrancar. Después la besó en la mejilla, pudorosamente, y puso en marcha el motor.

Recorrieron el camino de la granja, pasando de largo la verja que él había estado reparando durante una semana. Era casi de noche y los últimos rayos de sol eran un fuego suave sobre los campos. La carretera hacia Calwarra estaría desierta, como siempre, tanto para ir a la ciudad como para volver a casa.

Citas para gordos

Se quedó de pie frente a la puerta, escudriñando la pequeña placa de latón que había encima del timbre. Sin duda, era el lugar correcto, pero se había esperado algo más que esta especie de letrero anónimo. Aun así era una señal de buen gusto y discreción, que era exactamente lo que uno quería para semejantes asuntos. En realidad, era una cuestión de tacto; lo último que uno quería de gente así era ostentación y vulgaridad.

Llamó al timbre y esperó mientras examinaba un pequeño cartel que alguien había pegado a la pared: LIMPIEZA ESCALERA. SI LE TOCA A USTED, POR FAVOR, ASEGÚRESE DE QUE...

—¿Señor Macdonald?

—Sí.

Ella le sonrió, no con demasiado entusiasmo, pero justo el suficiente para que él se relajara.

—Entre. Lo estábamos esperando.

La siguió por un corto pasillo hasta un despacho que daba a la plaza. Era pleno verano y al otro lado de la ventana había árboles, una cortina cambiante de color verde intenso. Captó lo que le rodeaba de inmediato. Era un despacho, pero personalizado. Había un jarrón de flores encima del archivador con un ramo de claveles. Claveles: eran perfectos. Uno podía haberse imaginado que habría rosas en un sitio así, pero eso habría resultado demasiado obvio.

—Por favor, siéntese.

Ahora ella estaba detrás de su mesa y había abierto la carpeta que tenía delante.

—En el formulario no dio muchos datos sobre usted —comentó.

Él echó un vistazo al papel que ella tenía en las manos y reconoció su letra, bastante fina.

—Me daba un poco de vergüenza hablar de mí mismo —confesó—. Ya sabe a qué me refiero.

Ella asintió, haciendo un gesto con la mano derecha como diciendo: «Lo entendemos perfectamente; aquí todos estamos en el mismo barco».

—Verá —continuó ella—, nos gusta hacer las cosas bien. Realmente, no es bueno poner en contacto a personas que tienen formas radicalmente opuestas de ver la vida. Incluso una pequeña discrepancia en el gusto musical puede tener consecuencias desastrosas en la manera en que la gente se relaciona.

—Jack Spratt y su mujer —comentó, e hizo un alto. Las palabras habían salido solas, sin pensarlas, pero enseguida comprendió que la alusión no era acertada. Jack Spratt no soportaba a los gordos y su mujer no soportaba a los delgados.

Pero ella no se dio cuenta.

—Aunque en nuestro caso —prosiguió la mujer—, tenemos un buen punto de partida. Buscando precisamente a gente gruesa conseguimos sortear lo que muchas personas contemplan como una dificultad. El hecho de que dos personas tengan la misma constitución hace que empiecen con al menos una cosa en común.

Él asintió. Sí. Por eso los había escogido a ellos. Tal vez no debería medir sus palabras, al menos cuando pensaba. Ésta era una agencia para gordos. ¡Organizaban citas para gorditos! Vaya, había pensado. ¿Cómo habría reaccionado ella si se hubiese atrevido a decirlo? Sin duda alguna, lo habría dado por perdido como una persona con problemas de actitud o de aceptación de su propia imagen.

—Veamos, tengo varias candidatas para presentarle —siguió hablando mientras le miraba por encima de sus gafas de media luna—. Concretamente, hay una señora, una persona de lo más encantadora. La conozco bien. Creo que ambos comparten un interés por la ópera. Hasta hace unos años estuvo casada, pero, por desgracia, ahora está divorciada. Ella no tuvo la culpa absolutamente de nada.

—Es que la culpa nunca es de los gordos —apuntó él—, nunca.

Ella arqueó un momento las cejas, pero luego sonrió.

—Se cometen injusticias contra las personas de proporciones generosas —convino ella—. Eso es lo que, sin duda, ocurrió en este caso.

Hablaron durante unos cuantos minutos más. Ella le sirvió un café de una gran cafetera blanca y le ofreció unas exquisitas galletas de chocolate. Él cogió dos y enseguida se disculpó.

—Me parece que he cogido dos —comentó.

Ella sacudió una mano.

—Por favor, no tiene importancia. Yo también tengo debilidad por el chocolate. Será nuestro pequeño vicio secreto.

Ahora estaba delante del teatro, mirando nervioso su reloj. Por teléfono ella le había dicho que quizá se retrasase un poco, pero lo que no se había imaginado era que estaría un cuarto de hora esperando. Si se descuidaban, se perderían el principio de la ópera y no les dejarían entrar hasta el primer entreacto. Tal posibilidad le preocupó. ¿Cómo la entretendría durante esos horribles primeros minutos? Al menos yendo a la ópera tenían algo que hacer.

Pero ahora había llegado, saltando ágilmente de un taxi, envuelta en un resplandor azul celeste.

—¿Edgar?

Él alargó el brazo y le dio la mano.

—¿Nina?

Ella agarró su mano varios segundos más de lo necesario.

—Sabía que eras tú —dijo, y añadió—: Siento mucho el retraso.

Él pensó durante unos instantes. ¿Cómo había sabido que era él? Podrían haber habido más hombres esperando —la calle no estaba ni mucho menos vacía—, pero entonces cayó en la cuenta. Era la única persona que estaba delante del teatro que podía proceder de la agencia de contactos para gente gorda. La mera explicación le pareció de lo más deprimente.

Entraron en el teatro. El público era el habitual; conocía a algunos de los espectadores, lo que le resultó reconfortante y aliviador. Ella se fijó en que la gente lo miraba asintiendo y lo saludaba con la mano. «No soy un don nadie —pensó—. La gente me conoce.»

—Ahí está el gordito Macdonald —le susurró un hombre a su mujer—. Es un tipo simpático, aunque un poco especial.

—¿De qué lo conoces? —le preguntó su mujer—. ¿Del trabajo?

—No, de la escuela. Iba a un curso superior al mío. Solíamos ponerle apodos y meternos con él; ya sabes cómo son los niños. El pobre chaval lo pasó fatal. Tal vez podríamos invitarle un día a cenar a casa y resarcirle.

—No puedo, simplemente no puedo. Tengo muchísimas cosas que hacer. Fíjate, la semana que viene, por ejemplo...

No les costó nada entablar una conversación durante el entreacto. Él estaba encantado de constatar que no se sentía incómodo, como era de esperar en una ocasión semejante. Daba la impresión de que todo fluía con maravillosa naturalidad.

—Debo confesarte que estaba un poco nerviosa —reconoció ella—. Sólo he tenido un par de citas antes que ésta y no estoy acostumbrada.

Él la miró.

—Para mí es la primera, la primera.

—Pues debías de estar muy nervioso, entonces —dijo dándole un burlón codazo en las costillas—. ¡Vamos, confiésalo!

Él se rió.

—Bueno, supongo que sí lo estaba. Uno nunca sabe cómo van a salir estas cosas.

—¡Pues ya lo sabes! —exclamó ella—. ¿A que no es tan terrible?

Cuando cayó el telón salieron por la puerta lateral y descendieron la calle a paso rápido hasta el restaurante italiano donde él había reservado una mesa. Le explicó a ella que el sitio se lo habían recomendado unos amigos y que estaba especializado en cenas después del teatro.

—¡Qué lujo! —exclamó ella—. ¡Qué forma tan magnífica de pasar un martes por la noche!

—Lunes —le corrigió él. Ambos se echaron a reír—. Bueno, martes, si lo prefieres... —Hizo una pausa. No. Era demasiado pronto para volverle a invitar a salir. Debería dejar pasar unos días antes de llamarla por teléfono y proponerle otra invitación. Eso era lo que le habían dicho en la agencia.

«No precipite las cosas —le habían advertido—. Tiene tiempo más que suficiente para pensarse todo bien. Y a las mujeres tampoco les gusta que las presionen. Sólo espere hasta que los dos hayan tenido cierto tiempo para pensar lo que sienten mutuamente.»

En el restaurante, el dueño los acompañó a su mesa y con gesto ceremonioso le retiró a ella la silla. Ella pidió una copa de jerez y él un gin tonic. Después se sentaron y se miraron.

—Adoro Italia —declaró ella—. Estoy ansiosa por ir otra vez. Florencia. Siena. Verona.

—Roma —añadió él—. Venecia. Bolonia.

—¡Ah..., Perugia, Urbino!

Permanecieron unos instantes callados mientras los dos pensaban en algo que decir.

—Una vez alquilé allí una casa —explicó él—. Estuve dos meses y no hice nada más que sentarme en la terraza y leer. Leí y leí.

—¡Ajá!

—Y por las noches bajaba andando hasta la *piazza* y observaba a la gente observando a otra gente.

—Son bastante asombrosos los italianos —afirmó ella—. Me asombran. Literalmente me asombran.

De nuevo el silencio.

—¿Te gusta la comida italiana? —le preguntó él—. A mí me gusta.

—¡Oh, a mí también! —respondió ella—. ¡Qué hierbas tienen!

—¡Y qué aceite de oliva! —añadió él—. No hay nada mejor que el aceite de oliva, nada en absoluto.

—Edgar, estoy totalmente de acuerdo contigo. La cosa no tiene vuelta de hoja. Hay que consumir aceite de primera prensada, simplemente hay que hacerlo.

Comieron bien. Ella se rió mientras él batallaba con la pasta; ella no tuvo problemas para comerla con el tenedor.

—Yo no sé hacer esto —confesó él—. No tengo remedio.

—Algún día te enseñaré —le tranquilizó ella—. La cosa tiene un poco de arte.

Alzaron sus copas y tomaron un trago de un Orvieto frío, ácido y pajizo. Él se imaginó que veía el color del vino entrando directamente en los ojos de ella y que a ella le gustaba la idea.

—Tal vez sea así —afirmó ella—. Sea como sea, la idea es preciosa.

Bebieron más vino y el dueño trajo otra botella, enfriada en una cubitera. Más tarde, mientras tomaban café, él dijo:

—Debo decir que me alivió bastante descubrir la agencia. La verdad es que esto no es fácil, si se tiene sobrepeso. Da la impresión de que la gente mira a otro lado.

Ella asintió.

—¡Es tan injusto!

Decidió ahondar en el tema.

—¿Sabes? A veces la gente delgada no se da cuenta de lo cruel que llega a ser. Se ríen de nosotros y nos ponen motes.

—Sí —afirmó ella—, cuando oigo a un niño llamando a alguien gordinflón le digo: «¿Te gustaría a ti que te llamaran así?» Pero la mayoría de las veces no se imaginan cómo se sienten esas personas.

Él cogió la botella y sirvió en las copas el resto de vino que quedaba.

—A mí me pusieron motes en la escuela —confesó él.

—¡Qué horror! —exclamó ella—. ¿Cómo te llamaban?

Él desvió la vista.

—Ya no me acuerdo —repuso—. Hace mucho tiempo. Pero si te pones a pensarlo, en realidad tampoco se puede culpar a los niños. Lo único que ellos hacen es imitar a los adultos. Los adultos se lo inculcan cuando son pequeños y de esta forma el círculo vicioso se repite.

—Y los libros también aportan su grano de arena —dijo—. Fíjate en cómo se retrata a los gordos en las novelas.

Él asintió con entusiasmo.

—Nos describen con muy poco tacto. Utilizan palabras como andares de pato cuando quieren describir la manera en que anda una persona gorda. Y en las películas también. Mira si no las cosas tan ridículas que les pasan a los gordos en las películas. Cosas absurdas, payasadas: gente que se cae, que se queda atascada y cosas por el estilo. ¡Como si la vida fuera así!

—Debiste de pasarlo fatal —se compadeció ella—. ¡Qué horror que te pusieran motes!

Él se sintió desconcertado y ciertamente molesto porque ella hubiese vuelto a mencionar su infancia. Y pensó que no debería haberle preguntado cuál era su mote. Era bastante impertinente.

—¿Por qué dices que debí de pasarlo fatal? —repuso bastante malhumorado—. Tú también debiste de pasarlo mal.

—¿Yo? —preguntó ella con los ojos muy abiertos.

—Sí; al fin y al cabo, tú estás tan gorda como yo.

Ella se quedó boquiabierta.

—Perdona, ¿cómo dices? —replicó ella con repentina frialdad—. Ni mucho menos estoy tan gorda como tú.

Él dejó su copa y la miró fijamente, asombrado.

—Sí que lo estás, sí. Si me apuras, posiblemente hasta estés más gorda que yo.

—¡Oh, oh! —Se acercó la servilleta a los labios—. No entiendo por qué de pronto tienes que insultarme. De verdad, no lo entiendo.

Ella se levantó, su voluminoso vestido azul oscilando en bloque en la semipenumbra del restaurante.

—Lamento mucho que esto tenga que acabar así, pero no tengo más remedio que irme.

—La culpa es tuya —se defendió él—. Has sido tú la que ha empezado. Y que te quede claro que no estoy más gordo que tú; es algo que salta a la vista, si no te importa que te lo diga.

Él quiso ponerse de pie para buscar al dueño y pagar la cuenta. La noche se había convertido en un repentino desastre y era preciso que terminara. Pero al intentar levantarse la cruda realidad se hizo patente: se había quedado atascado en la silla. Estaba completamente encajonado.

Meneó las caderas y lo intentó otra vez, pero de nuevo no obtuvo resultados. Estaba encajonado entre los brazos de madera de la silla y daba la impresión de que con cada movimiento no hacía sino atascarse más perdiendo posibilidades de salir de ahí.

Ella se había dado cuenta de lo que ocurría y lo miraba triunfalmente desde el otro lado de la mesa.

—¿Lo ves? —dijo ella—. Ahí tienes la prueba. ¡Tenía razón!

Él resopló y volvió a menearse. Ahora el dueño había visto lo que sucedía y no tardó en acercarse a él.

—Lo siento muchísimo, señor —se disculpó—. Lo sacaré de ahí. No se preocupe.

Se inclinó y empezó a tirar de los listones de madera de la parte superior de la silla. Tiró con fuerza y se oyó un crujido. Uno de los listones se había soltado.

—Ya está —dijo aliviado—. Si arranco unos cuantos más, podrá salir. ¡No sabe cuánto siento todo esto!

Ella observó al dueño forcejeando. La verdadera naturaleza de la emergencia en cierto modo había cambiado la situación y no se vio capaz de largarse como tenía pensado hacer. Sintió cierta lástima por Edgar, a pesar de que la había insultado. No merecía este bochorno, esta humillación.

—Ya casi está —anunció el dueño, en cuclillas, mientras tiraba de la pieza de madera—. ¡Tal vez esto sea una buena publicidad para nuestra comida! Si el público viera a personas gordas como usted entrando aquí y comiendo tan bien que no pudieran levantarse de la silla, ¡sabrían lo buena que es la comida!

Ella respiró hondo.

—Pero ¡cómo se atreve! —reprendió al dueño—. ¿Cómo se atreve a hablar así de nosotros?

Edgar estaba igualmente enfadado y el corazón le brincó al verla dando un paso hacia delante y empujando al dueño con fuerza. El hombre no se lo esperaba y se cayó al suelo soltando el listón de madera del que había estado estirando.

—Edgar —dijo ella—, levántate e intenta caminar con la silla. No deberíamos pasar ni un segundo más en este sitio.

Él se inclinó y empujó hacia arriba, con la silla aún firmemente pegada a él. Entonces se inclinó más y empezó a anadear hacia la salida con Nina junto a él.

El dueño se levantó del suelo y miró al camarero.

—*Ma, che cos'ho detto?* —se extrañó—. *Che cos'ho fatto? Che cos'e successo a quei grassoni?* (Pero ¿qué he dicho? ¿Qué he hecho? ¿Qué les pasa a estos dos gordos?)

El camarero no dijo nada. Se le había escapado una parte importante de lo sucedido y la situación entera le resultaba de lo más incomprensible.

Fuera, hacía una noche cálida de verano. Había poca gente en la calle que pudiera verlos, e incluso aquellos que volvían a sus casas a esa hora apenas si repararon en que había una corpulenta mujer acompañada de un hombre tan corpulento como ella o puede que más, medio sentado en una silla en la que parecía haberse quedado encajonado.

—Siéntate —ordenó ella—. Siéntate en la silla. Estarás más cómodo. Seguro que pronto pasará algún taxi.

De modo que él se sentó, aliviado por no tener que cargar con el peso de la silla.

Él alzó la vista y la miró.

—Siento muchísimo haber sido tan grosero ahí dentro. Ha sido sin querer, no sé en qué estaba pensando.

Ella sonrió.

—Yo también lo siento. He sido una desconsiderada. Espero que puedas perdonarme.

—¡Por supuesto! —exclamó él.

Luego esperaron en silencio. En algún lugar, en algún piso de esa estrecha calle residencial, habían puesto un disco; era una magnífica voz de tenor.

—¡Escucha! —dijo ella—. ¿Lo oyes?

—¡Qué maravilla! —repuso él—. ¡Qué maravilla!

Entonces él se dio unas palmadas en la rodilla.

—¿Por qué no te sientas conmigo? —sugirió—. Escucharemos esa magnífica voz hasta que venga un taxi.

Ella le sonrió. ¿Por qué no? La noche, aparte del único incidente ocurrido, había sido deliciosamente romántica. Él le gustaba. Quizá pudieran hacer frente juntos a las indignidades del mundo. ¿Por qué no?

Ella se ajustó el vestido y se sentó suavemente sobre sus rodillas.

Entonces las patas de la silla cedieron.

Influencia materna

Seguían llamándola alcaldesa, aunque ya hacía años que había desempeñado ese cargo. Era simplemente que encajaba tan bien en el rol que nadie, para disgusto de los funcionarios que posteriormente habían desempeñado las mismas funciones, había logrado estar a su altura. Le producía una satisfacción considerable saber que aún se referían a ella de esta manera; de hecho, en más de una ocasión se había encontrado a sí misma a punto de usar su viejo título, pero había rectificado justo a tiempo.

Su marido había sido alcalde, aunque todo el mundo sabía que era ella quien tomaba todas las decisiones por él. Él era un hombre extraordinariamente manso, que no tenía enemigos políticos y que, por lo tanto, había sido el único candidato aceptable para todos los bandos en un ayuntamiento escindido. Tras su elección, los concejales cayeron en la cuenta de que, en realidad, a quien habían votado había sido a ella, pero para entonces ya era demasiado tarde.

Durante los años de su primer mandato al principio se acostumbraron a ella y más tarde se sintieron orgullosos. Les parecía magnífica, un galeón a toda vela arrostrando todo desde la flameante proa; de algún modo, era un tesoro cívico, igual que la Chain of Office y la Bank of South Australia Gold Cup.

Entonces el alcalde falleció. El interventor del distrito lo encontró en su mesa, desplomado sobre una revista pornográfica, con la boca abierta y la pálida piel fría al tacto. El interventor se apresuró a reclinarlo en la silla y sacar la revista de su mesa. Después puso en su lugar una copia de los presupuestos del consejo local de aguas e inclinó de nuevo el laxo cadáver sobre los mismos. Sólo cuando le satisfizo la dignidad de la muerte, salió corriendo de la habitación pidiendo ayuda.

Al único que le dijo lo que había encontrado sobre la mesa del alcalde fue al médico y le indignó que éste se riera.

—Shock —diagnosticó—. Excitación sexual. Eso mata a la gente, ¿lo sabía? Su corazón maduro no pudo resistirlo. Lo mató.

—Es usted un insensible, doctor. El alcalde era un buen hombre, un hombre hogareño.

El médico resopló.

—No se equivoque. He visto cosas en esta profesión que le erizarían los pelos. Y de hombres hogareños. No me obligue a darle detalles.

La alcaldesa sobrellevó su pérdida con dignidad. Por muy raro que pareciera, estaba más feliz con el alcalde muerto, aunque había sentido cariño por él, sin grandes alharacas. Aún tenía a su hijo, George, que tenía veintisiete años y todavía vivía en casa, y todos sus intereses cívicos que la mantenían ocupada. El alcalde había sido el propietario de una gran tienda de ropa que George estaba bastante capacitado para dirigir con eficacia, y la alcaldesa se había quedado en una buena situación. Le aguardaba una agradable viudez; una época para realizarse, pensó.

La alcaldesa estaba tremendamente orgullosa de George, al que adoraba. Se levantaba temprano por las mañanas para prepararle el desayuno —tres tostadas, zumo de naranja recién exprimido y huevos escalfados—. Después le dejaba la ropa lista en la mesa contigua a la puerta de su habitación —el traje, la camisa (perfectamente planchada), los calcetines, los calzoncillos, los tirantes, la corbata y los zapatos; todo.

Cuando George bajaba las escaleras la alcaldesa ya estaba sentada a la mesa, dispuesta a conversar con él. Hablaban sobre los acontecimientos de ese mismo día, incluido lo que a George le apetecía para comer y cenar, y lo que tenía pensado hacer en la tienda. Después, cuando su hijo se había terminado el café, la alcaldesa lo acompañaba a la tienda en coche y lo dejaba en la puerta. Siempre lo había hecho, aunque George a menudo le había comentado que preferiría conducir él mismo.

—Bobadas —decía ella—. Es mejor que reserves tus fuerzas para trabajar. Si te llevo yo, llegas con más energía.

—Pero, madre, de verdad, no me importaría nada conducir. Es mucho más fácil...

Ella lo acalló con la mirada. Siempre le había parecido fácil acallar a la gente sólo mirándola; tenía que ver con sus cejas y la manera en que éstas se arqueaban. George era incapaz de discutir con ella. Su madre le daba miedo, lo había aterrorizado —educadamente— desde su más tierna infancia. Jamás había mantenido una discusión con ella que terminara de otra forma que no fuera con una intimidación mediante las cejas. Era inútil intentar cambiar las cosas a estas alturas.

George estaba descontento, pero no lo manifestaba. Si dejaba de analizar sus sentimientos, lo que afloraba era la frustración de no ser capaz de enfrentarse con ella o tomar sus propias decisiones. Lo trataba como si fuese un niño, pensaba él, ¡aunque era tan fácil seguir siéndolo! Tenía la sensación de que la culpa era suya; debería ser más fuerte. Debería tener la valentía de vivir su propia vida.

Se sentía vagamente avergonzado por vivir todavía en casa. La mayoría de la gente de su edad se había establecido por libre, se había casado y algunos ya eran padres. Él era el único que vivía en casa y en una ciudad pequeña como ésa todo el mundo lo sabía. En cierta ocasión había oído a alguien referirse a él como «niño de mamá» y el insulto le había dolido mucho. ¡Un niño de mamá! ¡Él!

Un día había sacado a relucir el tema de independizarse, pero fue acallado.

—¿Qué? ¿Por qué quieres hacer eso? ¿Qué tiene de malo tu casa?

Él respiró hondo.

—Nada, madre. Sí aquí estoy muy bien, ya lo sé.

—Pues entonces, ¿por qué te quieres ir, si puede saberse?

—Es sólo que... Bueno, había pensado que sería bastante divertido tener mi propia casa. ¿Entiendes?

Ella le había sonreído, como si intentase complacer a un niño obstinado.

—¿Tu propia casa? ¿Tu propia casa, George? ¿Acaso no es ésta *tu propia casa*, como tú la llamas? ¿O es que pertenece a alguien más? ¿No están las escrituras de propiedad tanto a tu nombre como al mío, como dispuso papaíto en su testamento? ¿Qué más quieres?

—Eso se hizo por temas fiscales. Por eso las escrituras están también a mi nombre. El señor Quinlan lo explicó claramente. Es para cuando te mueras.

Ella había entornado los ojos, sólo un poco, pero él lo notó.

—¿Para cuando me muera, George? Entonces, ¿me voy a morir?

—Por supuesto que no, madre. Pero fíjate en papaíto. Se ha muerto.

—Sé perfectamente que se ha muerto —replicó ella con frialdad—. Tu padre murió por exceso de trabajo. Se pasó la vida trabajando para ganar dinero para que tú y yo pudiéramos vivir en esta casa. Es, con mucho, la mejor casa de la ciudad y tú pretendes abandonarla.

—Yo no he hablado de abandonarla, madre. Sólo me preguntaba si sería una buena idea tener mi propio piso. Pasaría aquí los fines de semana.

—Pero ¡George! ¿por qué ibas a dejar una casa estupenda, donde tienes todo lo que necesitas, para irte a un miserable cuchitril de la calle Griffiths o de por ahí cerca? ¿Para qué? Un día podrías ser alcalde, ¿sabes?

Él no había ocultado su sorpresa.

—¿Alcalde? —Y murmuró—: ¡Uf!

—Sí, George, alcalde. El otro día alguien me dijo que serías ideal para el cargo, como papaíto. Y tener esta casa te ayudará. En una ciudad como ésta, para ser alcalde uno necesita tener algo que le respalde.

—No quiero ser alcalde, madre. Eso estaba muy bien para papá, pero yo soy distinto...

Para entonces las cejas de su madre habían empezado a levantarse y el tema se zanjó. Durante unos instantes había reinado el silencio y después ella anunció:

—En Baxters tienen telas nuevas de terciopelo. Me dejan echarles un vistazo antes que nadie y había pensado en hacerte cortinas nuevas para tu cuarto. ¿Qué color te gustaría? ¿El de siempre?

Él había musitado algo evasivo y había salido de la habitación desconsolado. «Es irritante —pensó—. Es un pedazo de zorra. Un vejestorio. Una maldita bruja. ¡Uf, menuda arpía!»

Esto le hizo sentir mucho mejor y llamó a su perro para sacarlo a dar un paseo alrededor de la manzana. *Cecil*, un corpulento perro alsaciano, saltó de excitación y se relamió entusiasmado mientras le ponían el collar metálico alrededor del cuello. Luego se marcharon juntos, el soltero y el perro, y mientras *Cecil* jadeaba y estiraba de la correa, George pensaba en lo que haría. «Me buscaré una novia —pensó—. Saldré con alguien. Encontraré una chica rubia de pechos grandes. Así mi madre sabrá lo que es bueno. Y después me compraré mi propio piso. No podrá impedirlo. Y me iré de casa. Me haré mi propio desayuno y me plancharé mis propias camisas. ¡No me importa! ¡No me importa!»

Miró a *Cecil*, su amigo.

—¿Te acuerdas de papaíto, *Cecil*? ¿Te acuerdas del otro señor que te sacaba de paseo? Dime, ¿te acuerdas?

El perro le devolvió la mirada a su dueño y tiró con más fuerza de la correa.

—Papaíto era cariñoso contigo, *Cecil*. Te daba huesos. Pobrecillo. Era un buen hombre, nuestro papaíto. Intenta recordarlo. Sé que no es fácil porque eres un perro, pero por lo menos inténtalo.

Durante los días siguientes elaboró una estrategia. Lo primero que haría sería telefonear a su amigo Ed. Había ido a la escuela con él y, aunque tenían muy pocas cosas en común, Ed le había demostrado que era un amigo leal. Lo había ayudado en un par de ocasiones en que había tenido problemas económicos y Ed siempre había sido agradecido. Se gastaba demasiado dinero en coches y había perdido ya algún que otro trabajo. Aun así sobrevivía y daba la impresión de que le gustaba su precaria existencia.

Ed convino en encontrarse con él ese miércoles después del trabajo en el bar del Central Hotel.

—Necesito que me ayudes, Ed —empezó diciendo—. El asunto es delicado.

—Adelante, colega. Te debo unas cuantas.

—Se trata de una chica, Ed.

Ed había sonreído.

—¿Tienes problemas, George? Vaya, ¡menudo sinvergüenza! ¿Has dejado embarazada a alguna chica? ¡Vaya, vaya! ¿Qué diría la alcaldesa de esto? ¡Ay, perdón, tu madre! Seguro que no le haría mucha gracia, ¿eh?

Él cabeceó. Esto no iba a ser fácil.

—Ed, la cuestión es que no conozco a muchas chicas y me preguntaba si podrías ayudarme. Tú conoces a un montón. A lo mejor me podrías presentar a algunas que estuvieran bien y así yo..., bueno, tal vez pudiese escoger, por decirlo de alguna manera.

Ed dejó su vaso de cerveza y miró con fijeza a su amigo.

—No estoy muy seguro de que la cosa funcione así, colega. Verás, las mujeres a veces piensan. Tienen sus propias ideas. Un chico les tiene que gustar bastante para bajarle los pantalones, ¿sabes? Y está bien; es así como debe ser. Pero a veces no funciona y no hay nada que hacer.

George miró a Ed.

—¡Oh! Ya veo.

—Pero no te preocupes —prosiguió Ed animándose—. Conozco a un montón de chicas que están realmente desesperadas y a las que seguramente les encantaría un tipo simpático y hogareño como tú. ¡Ay, perdona! Algunas estarían encantadas de tener a su lado a alguien respetable y serio. Sí, cuanto más pienso en ello, George, más convencido estoy de que te llevarás a las chicas de calle, a cierto tipo de chicas. ¿Qué es lo que quieres que haga?

George se aclaró la voz. La conversación le producía quemazón en la garganta. Era horrible tener que hablar con Ed en estos términos, aunque sabía que su amigo no era de aquellos a los que esta clase de cosas les resultaban incómodas.

—¿Podrías organizar una especie de fiesta, Ed? En tu casa. Así podría ir para que me presentaras a algunas chicas. ¿Quién sabe? A lo mejor encajo con alguna, eso nunca se sabe.

Ed levantó su vaso para brindar burlonamente.

—¡No hay problema, amigo! ¡Ningún problema! ¿Te iría bien el próximo viernes? ¡Estupendo! Tengo candidatas fantásticas en mi agenda, ya lo verás. Harán que te suba rápidamente la temperatura corporal, George. ¡Ya lo verás, colega! ¡Ya lo verás!

Se preparó con esmero para la fiesta de Ed. Informó a la alcaldesa de que salía, de que tenía que ir a ver a Ed por cierto asunto y de que probablemente se quedaría un buen rato hablando con él.

—Volveré bastante tarde —comentó con indiferencia—. De hecho, será mejor que te acuestes; yo ya abriré con mi llave.

Ella lo miró.

—¿Tan tarde vas a volver? ¡Dios santo! Pues sí que tienes cosas de que hablar con Ed. Es ése que es bastante... bastante sucio, ¿verdad?

—Ed no es sucio —repuso él con tranquilidad, y en voz baja añadió—: ¡Uf! ¡Uf!

—¡Pues claro que no! —exclamó ella—. No me refería a que todavía sea sucio. Es sólo que cuando era pequeño y venía a casa a jugar siempre me parecía que iba un poco sucio. Los chicos lo son a veces. Pero seguro que ya no es sucio. Aunque antes lo era, y mucho.

El viernes por la tarde volvió pronto a casa para prepararse. Le gustó que su madre estuviera ausente, de este modo no tendría que escabullirse por la puerta de atrás, como tenía pensado hacer. Si lo hubiera visto vestido con sus mejores galas, habría sospechado algo.

Se duchó, se puso colonia en las mejillas y luego se puso la camisa y los pantalones nuevos que se había llevado ese día de la tienda. Después fue a la cocina para dar de comer a *Cecil.*

—Me voy a una fiesta, *Cecil.* Tú te quedas aquí. Si te portas bien, te traeré algo de la fiesta. Eso si tú tío Ed nos da huesos, claro. ¡Ja, ja! Aunque no lo creo, *Cecil.* Mala suerte.

El alsaciano lo miró, meneó la cola y luego siguió dormitando. George apagó la luz de la cocina, cerró la puerta principal con llave al salir y condujo lentamente el coche hasta la casa de Ed, al otro lado de la ciudad. Estaba tremendamente excitado. Esto era el principio de un nuevo capítulo, de una nueva vida. Era, sin duda, sin duda alguna, el final de la pubertad. ¡Aunque llegara con diez malditos años de retraso! ¡Uf!

Ed estaba en la puerta, acababa de recibir a un invitado.

—¡George! ¡Ya estás aquí! La fiesta acaba de empezar. Y la cosa va bien, ya sabes a qué me refiero.

George siguió a su anfitrión hasta el salón. Allí había ya alrededor de diez personas, sentadas en los sofás o de pie junto a las mesas. Un disco sonaba.

—Te los presentaré —anunció Ed—. Chicos, éste es George. George, éstos son Mike, Terry-Anne, Marge, Tom, Darlene, Beth. ¿Cómo se llama éste?, Mac, Linda y la que sale de la cocina es Meryl.

George miró a Meryl, que le sonrió. Llevaba una gran bandeja con una pizza que había cortado en pequeños cuadrados. Señaló la bandeja con la mano que tenía libre y cruzó la habitación para ofrecerle un trozo.

—Acaba de salir del horno, George. ¿Quieres un trozo?

Él eligió uno y dio un pequeño mordisco. El queso estaba todavía fundido y se quemó un poco la lengua, pero no dejó traslucir su molestia.

—Está deliciosa —comentó—. ¿La has hecho tú?

Meryl dejó la bandeja en una mesa y cogió un pequeño trozo de pizza.

—Sí, me encanta hacer pizzas. Me encanta cocinar comida italiana. Simplemente me encanta.

—La verdad es que yo no cocino —repuso George—. Pero me gustaría mucho poder hacerlo.

—Entonces, ¿quién te hace la comida? —quiso saber Meryl—. ¿Tu novia?

George clavó la vista en sus zapatos, en sus nuevos zapatos de ante de elegantes punteras. Eran, con diferencia, los mejores que había en la tienda.

—En realidad, mi madre.

Meryl sonrió.

—¡Qué suerte! Seguro que es una buena cocinera.

George pensó en el guiso de carnero con tomates y cebollas al horno y en otros platos que hacía de carne con verduras.

—No, no lo es —repuso él—. No podría ganarse la vida cocinando.

—¡Oh! —exclamó Meryl, relamiéndose las yemas de los dedos—. Bueno, entonces seguro que se le darán bien otras cosas.

—No —negó George de nuevo—. Nada. Sólo sabe mandar a la gente, eso es todo.

Meryl se rió con inquietud.

—Las madres son así. La mía intenta decirme lo que tengo que hacer, pero yo no le hago ni caso.

Él no dijo nada. Ahora la miraba detenidamente, miraba su pelo rubio, recogido y esponjado, y su blusa (con discreción). Sí, era perfecta. La alcaldesa la odiaría.

Se sentaron en un sofá y charlaron. Meryl parecía relajada y estaba encantada de hablar con él sobre cualquier cosa que se le ocurriera. Él le habló de la tienda y de sus planes para la nueva sala de muestras. Le habló de su viaje a Adelaide, de *Cecil* y de cómo el veterinario le había puesto clavos en la pata cuando había sido atropellado por un camión de la basura.

—Nadie diría que se le rompió por seis sitios —comentó—. Viéndolo hoy, nadie lo diría.

Ella asintió.

—Los veterinarios pueden hacer maravillas —aseguró—. A veces son mejores que los médicos. Un veterinario curó a mi tío cuando se rompió la pierna en la sabana. Ahora casi ni cojea.

—Sin embargo, el veterinario no pudo hacer nada con la halitosis de *Cecil* —prosiguió él—. Dijo que podía arrancarle toda la dentadura, pero que entonces ya no podría roer huesos y eso habría sido muy cruel.

—Dale pastillas de ajo —sugirió ella—. Tal vez te ayude; mézclaselas con el pienso.

Ed apareció con otra cerveza para George y una copa de ron con coca-cola para Meryl.

—¿Qué tal vais vosotros dos? ¿Bien? —preguntó haciendo un guiño a George—. Veo que tenéis mucho de que hablar.

George se echó a reír.

—Tienes amigos simpáticos, Ed.

Le dio la impresión de que Meryl se había ruborizado, pero parecía complacida.

—Tienes toda la razón —repuso Ed—. Aquí donde la ves, Meryl es realmente divertida, ¿verdad, Mez?

Ed alargó el brazo y le pellizcó en la mejilla, y ella le apartó la mano, juguetona.

—Bueno, ya os dejo solos —dijo Ed—. Veo que no necesitáis a nadie que os anime la fiesta. ¡Ya sabéis a qué me refiero!

George consideró que la fiesta fue un éxito, aparte del final de la misma, cuando Ed, que para entonces estaba bastante borracho, pegó a uno de los invitados. Se disculpó de inmediato, y Mike, al que había pegado, trató de aplacar los ánimos.

—Lo siento, Ed, no era mi intención. Olvidémoslo, ¿vale?

—Yo también lo siento —musitó Ed—. Es que pierdo el control, ya me entiendes. No sé qué me ha pasado; discúlpame.

—Sin resentimientos —comentó Mike—. Dejémoslo.

Pero el ambiente de la fiesta cambió y el resto de invitados empezó a desaparecer. George se ofreció a llevar a Meryl a casa y ella aceptó.

—No lo soporto cuando Ed está borracho y pega a la gente —dijo—. Sé que su intención no es ofender, pero uno de estos días alguien le devolverá el puñetazo, y fuerte.

—¿Por qué lo hace? —inquirió George—. No acaba de aprender.

—No puede evitarlo —contestó Meryl—. Es su naturaleza; al igual que hay gente aficionada a la música.

Ahora pasaban por delante de la tienda y George aminoró.

—Es ahí —comentó—. No está mal, ¿verdad?

—No, no está mal —respondió Meryl—. Tenéis ropa de primera calidad. Siempre lo he dicho.

—Voy a abrir una nueva sección para adolescentes —explicó George—. Se llamará *Ideas Jóvenes*. Pondremos música disco y luces intermitentes. ¿Qué te parece?

Meryl estaba impresionada.

—¡Es un nombre genial! —exclamó—. Es original. A los jóvenes les encantará.

Continuaron el trayecto en silencio. George estaba esperando su momento y consideró que ahora había llegado.

—¿Te gustaría ir al... al...? —empezó a tartamudear—. «¡Uf! —pensó—. ¿Por qué demonios tengo que tartamudear justo cuando intento pedirle que salga conmigo?»

—Sí —contestó Meryl—, me encantaría.

—¿... al cine? —preguntó al fin.

—Sí —afirmó Meryl—. ¿Cuándo?

—¿Mañana?

—Me encantaría —dijo ella—. La verdad es que tienes buenas ideas, George. ¿Lo sabías?

A la mañana siguiente, en el desayuno, la alcaldesa miró a su hijo con reprobación.

—Debiste de llegar muy tarde anoche —comentó, pasándole su vaso de zumo de naranja—. ¿Te divertiste?

—Sí, me divertí —respondió con la vista intencionadamente clavada en su tostada.

—¿Y cómo está nuestro amigo Ed? —quiso saber ella—. ¿Está trabajando?

—Sí —afirmó él—. Trabaja en Rileys. Tiene un trabajo bastante bueno.

Ella digirió la información en silencio.

—¿Había alguien más con vosotros? —preguntó al cabo de un rato—. ¿O estabais los dos solos?

—Había algunas personas más —contestó él—. Nadie a quien conozcas.

Ella se mordió los labios, pero él no se dio cuenta; miraba fijamente la etiqueta del tarro de mermelada.

—Esta noche también llegaré tarde —anunció—. Tengo que trabajar.

Le lanzó una mirada a su madre; tenía las cejas levantadas y volvió a desviar la vista rápidamente. Entonces, antes de que ella pudiese decir nada más, se puso de pie y cogió su tostada.

—Es tarde —constató—. Hoy no hace falta que me lleves, madre. Iré andando, quiero hacer un poco de ejercicio.

Ella se quedó boquiabierta mientras buscaba las palabras.

—Pero... si es tarde, no deberías... no... Siempre te...

Pero él se había marchado y ella estaba sola con *Cecil*. El perro la miró con fijeza desde el otro lado de la habitación, sus lacrimosos ojos inexpresivos.

—¡Fuera! —le gritó ella de pronto—. ¡Fuera de aquí, criatura apestosa! ¡Fuera!

Recogió a Meryl en su piso compartido y fueron a la ciudad. Había un montón de plazas de aparcamiento delante del cine y él estacionó en una de ellas. Después entraron, compraron una bolsa grande de palomitas en el mostrador de refrescos y se metieron en la sala de cine, que tenía un agradable aire acondicionado.

Empezaron los anuncios y los tráilers de los próximos estrenos.

—Tendríamos que ir a ver ésta —comentó él con naturalidad, sin pensar, y ella estuvo de acuerdo.

—Buena idea.

Él sintió una cálida oleada de satisfacción. ¡Estaban saliendo juntos! ¡Ella había aceptado su segunda invitación! Puede que ésta fuese su primera cita, ¡pero habría más! Pediría su mano dentro de unos cuantos meses —quizás incluso un poco antes— y estaba convencido de que diría que sí. Podrían llevar la tienda juntos. Y comprarse una casa en esa nueva urbanización, Executive Hills. ¡Qué felicidad! ¡Y se llevarían a *Cecil*, por supuesto, pero dejaría a su madre! ¡Ja, ja, ja!

Entonces, justo antes de que empezara la película, una gran silueta se acomodó en un asiento de la fila de delante.

—Típico —susurró Meryl—. Siempre hay algún pelmazo que se sienta en el asiento de delante justo cuando la película está a punto de empezar.

George se quedó helado. Era imposible. ¡No podía ser! ¡Qué pesadilla!

La alcaldesa se volvió, como si aquello fuera una casualidad.

—¡Vaya, vaya! —exclamó—. ¡Qué sorpresa verte aquí! ¡Y yo que creía que estabas trabajando!

Se volvió en su asiento para ver a Meryl.

—¿No vas a presentarnos, George?

Él apenas si podía hablar, pero Meryl lo estaba mirando, así que las presentó.

—Ésta es mi... mi... mi...

—Madre —precisó la alcaldesa—. Encantada. ¿Y tú eres...?

—Meryl.

—Pues verás, Meryl, voy a sentarme a tu lado; si no, acabaré con tortícolis.

La alcaldesa se levantó y pasó como pudo por donde estaba George para sentarse al otro lado de Meryl.

—Espero que la película sea buena —comentó la alcaldesa con una voz dulce, que daba náuseas—. ¿Te gusta ir al cine, Meryl?

Las luces disminuyeron.

—Será mejor que dejemos nuestra conversación para el intermedio —decidió la alcaldesa—; empieza la película.

Durante el descanso George no articuló palabra. Miró al frente, tratando de bloquear el sonido de la conversación que su madre mantenía con Meryl. Ésta toreó lo mejor que pudo las preguntas de la alcaldesa, que eran confusas y rápidas, pero saltaba a la vista que estaba tensa. De vez en cuando miraba a George en muda actitud suplicante, pero él no podía ayudarla.

Al término de la película, la alcaldesa se puso de pie y sugirió que fueran todos a casa a tomar una taza de chocolate caliente.

—A George le gusta irse pronto a la cama los sábados —explicó—. Los domingos siempre vamos a misa temprano, ¿verdad, George? Y cuesta menos levantarse si uno se acuesta pronto. El papaíto de George siempre decía esto.

Salieron del cine y, en la puerta principal, la alcaldesa dijo:

—Id tirando vosotros. Nos veremos en casa dentro de un rato.

Subieron al coche. George alargó el brazo y puso el motor en marcha. Luego, ruidosamente, salió marcha atrás de la plaza de aparcamiento, giró el volante y aceleró calle abajo.

—Lo siento —se disculpó—. Siento mucho lo que ha pasado. No puedo evitar que mi ma... mi ma... madre sea como es. No puedo...

—No te preocupes —lo tranquilizó Meryl—. La verdad es que me ha parecido bastante simpática.

—Pues no lo es —replicó George—. La odio.

Meryl se mordió los labios. Se había fijado en su cara de sufrimiento y ahora veía que ésta había sido reemplazada por una expresión de determinación. Lo vio mirando por el espejo retrovisor y vio las luces detrás de ellos. George apretó el acelerador y el coche avanzó haciendo eses. Iba a toda velocidad y las luces que les seguían disminuyeron unos instantes. Entonces llegaron a una esquina y el vehículo chirrió cuando George frenó bruscamente y giró.

Volaron por la carretera lateral. Detrás, las luces del otro coche se alejaron y giraron también. George miró hacia atrás y aceleró de nuevo. Vino otro giro, y otro a continuación, pero las luces aún los seguían.

—¿Quién es? —preguntó—. ¿Quién nos sigue?

—¿A ti qué te parece? —musitó él.

Ella no respondió. Habían llegado a una rotonda y George se subió al bordillo cubierto de hierba y la cruzó. Ya en el otro lado, bajó del bordillo dando un bote y detuvo el vehículo en una zona rodeada de árboles justo pasada la rotonda. Paró el motor, apagó las luces y miró por el espejo.

Ahora el otro coche iba más despacio. Se detuvo a la altura de la rotonda y la rodeó, con los faros recorriendo los jardines de las casas que había a ambos lados de la carretera. Entonces, más lentamente, empezó a alejarse por el mismo camino por donde había venido.

—Ya nos hemos librado de ella —dijo George—; y esta vez de verdad.

Ella se movió en su asiento y se acercó a él.

—Me gusta más que estemos solos —comentó—. Mucho más.

—Así es como tienen que ser las citas —repuso George, acariciándole el pelo—. De dos personas; sin madre.

A la mañana siguiente, George bajó pronto a desayunar. Para cuando la alcaldesa bajó las escaleras, él ya había terminado la tostada y estaba bebiendo una segunda taza de café.

—¿Qué es esto? —preguntó, señalando la maleta que había en el centro de la cocina.

—Mi maleta, madre —respondió él, sirviéndose más leche en el café—. Eso es lo que es.

—¿Adónde vas? —inquirió ella—. Porque ya sabes que es domingo.

—Lo sé perfectamente, madre —dijo él—. Me voy. Voy a instalarme unos cuantos días en casa de Ed mientras busco piso.

Ella miró a su alrededor, encontró una silla y se sentó pesadamente.

—No seas ridículo, George. —Se esforzaba por mantener la calma—. No hay ninguna necesidad de trasladarse. Por casualidad no estarás enfadado por lo de ayer noche, ¿verdad? ¿Hice algo que te molestara?

Él miró en dirección a ella, pero no se atrevió a hacerlo directamente a los ojos. Habría sido como mirar a Medusa* a los ojos.

Se puso de pie.

—La decisión está tomada —anunció—. Me voy. Adiós.

La alcaldesa se levantó.

—¡George! —exclamó imperiosamente—. ¡Mírame! ¡Te lo prohíbo! Imagínate... ¡Qué diría papaíto! ¡Piensa sólo en lo que estará pensando papaíto desde el cielo!

Pero él había llamado a *Cecil* y estaba preparando su correa. Ella dio varios pasos hacia él, pero él retrocedió y alzó la voz:

—No te acerques, madre. Deja que me vaya.

—¡George!

Ella avanzó uno o dos pasos más, pero él había puesto a *Cecil* entre ambos y señalaba a su madre.

—*Cecil* —ordenó—. ¡Ahuyéntala! ¡Ahuyéntala!

Cecil miró a su dueño como buscando confirmación de una orden manifiestamente ilícita.

* Medusa: una de las tres Gorgonas, que era de gran belleza y tenía una hermosa cabellera que fue transformada en serpientes por Atenea. *(N. de la T.)*

—¡Ataca, *Cecil*! ¡Ataca!

El alsaciano gruñó y la alcaldesa se quedó inmóvil.

—¡George! ¡Cómo te atreves! ¡Cómo te atreves! Dile a ese ridículo perro que se siente.

Pero *Cecil* estaba aproximándose a la alcaldesa, con los pelos erizados y gruñendo. Ella retrocedió despacio y el perro sacó ventaja. Entonces gruñó con más intensidad y mostró sus dientes, viejos, amarillos y podridos, pero aún de aspecto afilado.

La alcaldesa estaba ahora cerca de la puerta que daba al vestíbulo, y de repente se volvió y se metió dentro con paso vacilante cerrando la puerta de un portazo.

—Buen chico, *Cecil* —dijo George—. Ahora ven conmigo. Nos vamos a casa de Ed. ¿Te acuerdas de Ed, *Cecil*? No le importará que tengas mal aliento; le gustan los perros como tú.

Salieron de la cocina, George llevando la maleta en una mano y sujetando la correa de *Cecil* con la otra. Fuera hacía una mañana maravillosa, fresca y vivificante. Ed le esperaba en su casa y luego iría a comer a casa de Meryl. Ella le había dicho que conocía a alguien que tenía un piso en alquiler y que creía que era lo suficientemente grande para dos personas más un perro. Las perspectivas eran maravillosas. Maravillosas.

Cecil ladró.

—¡Muy bien, *Cecil*! —exclamó George—. Ladra, coño, ¡guau! ¡Ésa es la idea!

Citas celestiales

Comieron en la terraza, como siempre. Ella había cortado varias rebanadas de pan blanco —el pan compacto y con corteza que hacía la signora Sabatino— y las colocó en un plato junto con el jamón, las aceitunas y la *mozzarella*. Era la comida favorita de su padre, una comida que decía que solamente podía comer en Italia. Padre e hija se sentarían a la sombra de la pérgola, y contemplarían el valle y las colinas azules que había en la lejanía. A ella le gustaba tirar los huesos de las aceitunas por la barandilla con la esperanza de que arraigaran y algún día creciera un olivar; ya había árboles jóvenes de años anteriores. Él la observaba divertido mientras tomaba sorbos del vaso de vino que siempre bebía con la comida; ella, en cambio, bebía agua mineral de grandes botellas decoradas con los certificados de analistas químicos. *Professore Eduardo Militello del Istituto Idrobiologico de la Universidad de Parma certifica que los contenidos de esta botella son los siguientes: calcio...*

A ella le encantaba cómo sonaban esos nombres. Le encantaban las descripciones y el lenguaje preciso y florido. ¿Qué hacía en realidad un *professore idrobiologico*? Se imaginaba reinos burbujeantes y sulfúreos en las frías entrañas de un antiguo edificio universitario.

—Siempre que llego aquí me entra sueño —dijo su padre cogiendo una rebanada de pan—. Italia me produce ese efecto.

Ella sonrió.

—No tiene nada de malo estar sin hacer nada.

—La verdad es que debería jubilarme —comentó él—. A este sitio le iría bien alguien que viviera aquí permanentemente, no sólo durante unos cuantos meses al año, sino siempre.

Dejó el vaso y se reclinó en la tumbona.

—¿Qué planes tienes tú? ¿Quieres realmente quedarte aquí hasta que empieces la universidad? ¿Estás segura?

Hablaba perezosamente, su voz ocultaba su preocupación y su ansiedad.

Ella asintió.

—Me encanta esto —afirmó ella—. Siempre me ha gustado. Y tú mismo has dicho que este sitio necesita más atención.

Él parecía dudoso.

—Pero, sin duda, podrías hacer algo más este año; podrías ir a Australia o a Canadá, por ejemplo. Tengo un montón de contactos allí. Podría ser una experiencia interesante, ya lo sabes. —Y entonces añadió—: Porque lo cierto es que después la vida te va limitando.

—Pero es que no quiero ir a ningún otro sitio —objetó ella—. Tal vez nunca vuelva a tener la oportunidad de pasar aquí una temporada larga. Ya tendré tiempo para visitar otros países.

—¿Y qué harás durante todo el día? Aquí no hay mucho que hacer. Te morirás de aburrimiento.

—No, no me aburriré. Leeré. Iré en autobús a Siena. Me apuntaré a un curso de música; ya me informaré.

—Si estás tan segura... —Sonaba vacilante. No quería coartarle su libertad, pero era su única hija, todo cuanto ahora tenía.

—Lo estoy.

La casa había sido construida en el siglo XVII o al menos los cimientos se remontaban a esa época. Con el paso del tiempo se habían hecho ampliaciones que, casi imperceptiblemente, se fusionaban con la construcción original, pero de las que había resultado una atractiva excentricidad arquitectónica. Era una casa con sorpresas; con habitaciones espaciosas y llena de recovecos; pasillos que no conducían a ninguna parte y armarios que se convertían en sótanos. Ni siquiera cuando compró la casa —después de interminables disputas legales— tuvo la sensación de ser su propietario; le daba la impresión de que no era de nadie o al menos de nadie que estuviese vivo.

La compartían con animales. Había una pequeña colonia de murciélagos que se agarraban tenazmente a las piedras de una de las fachadas, y que cuando anochecía chillaban y surcaban el cielo. Había varios gatos, que eran la progenie de los gatos medio salvajes que habían estado ahí la primera vez que él fue a ver la casa y a los que la signora Sabatino, la casera, sobrealimentaba. Había una familia de zorros que vivía en un viejo cobertizo apuntalado contra la pared de un trastero; y había ratones, naturalmente, a los que nunca se veía pero sí se oía, escabulléndose en el interior de los techos y detrás de los zócalos.

Había comprado la casa para contentar a su mujer, que adoraba la Toscana. Sería un nuevo comienzo, había pensado, y durante un tiempo había funcionado. Había sido bastante parecido a la paternidad —algo de lo que ambos eran responsables—, pero no había durado. Ella se aburría con él, lo sabía, y no lograba ocultar su impaciencia. Habían pasado una última semana allí, juntos, pero los últimos días habían sido insoportables: una penosa experiencia de vacío y educación forzada. Y cuando se fueron, él supo que nunca volverían, que su matrimonio había terminado y que ella regresaría a Norteamérica para reanudar su propia vida. Allí había gente que se preocupaba por ella. Él nunca había tenido mucho trato con ellos y, al final, se dio cuenta de que simplemente no estaban interesados. Eran incapaces, pensó, de entender a alguien a quien no conocían; alguien que no compartía su forma de ver las cosas, su acento —su cultura de puertas adentro—, sus preocupaciones particulares. Tuvo la sensación de que, en cierta manera, les sorprendía un poco que fuera de Estados Unidos existiera gente.

Al menos Emma se quedó con él. Nunca había estado especialmente unida a su madre —que también se aburría con ella—, y aunque lamentó su abandono, éste no pareció afectarla mucho. De modo que ahora estaban ellos dos solos y, a su manera, bastante felices; un hombre en la cincuentena, que comerciaba en el mercado negro, con un despacho en Londres, con todos sus gestores, un hombre cuya vida no significaba gran cosa; y una chica de diecinueve años, en cuya educación se había invertido mucho dinero, tal vez un poco soñadora, pero con la certeza de que iba a ocurrirle algo, de que la vida empezaría pronto y de que estaría en bastante consonancia con el guión que ella escribiría para la misma.

Tuvo la esperanza de que durante la semana ella cambiara de idea y accediera a regresar con él, pero no lo hizo. Habló con la signora Sabatino, que vivía en una pequeña casa en un extremo de la finca. Sabía que ella sentía cariño por Emma y que la protegería con la misma fiereza con la que protegía la propiedad de los intrusos, y eso facilitaba las cosas. Él se habría opuesto —incluso discutiendo con ella—, si Emma hubiese querido quedarse completamente sola.

Como se había imaginado, la signora Sabatino se mostró encantada de tener compañía. Le costó entender lo que le dijo, ya que su italiano, a diferencia del de Emma, era pobre, pero la alegría de la mujer fue palpable.

—Me ocuparé de que le escriba todas las semanas, ¿de acuerdo? —le aseguró—. Le escribirá cartas, ya lo verá.

Él sonrió.

—Está bien —repuso, tomando nota mentalmente de que tenía que subirle el sueldo. La signora Sabatino no pagaba alquiler a cambio del trabajo, pero él era consciente de que tenía poco dinero. Podría haberle pagado más sin esfuerzo, pero no lo había hecho. Y ahora se avergonzaba de que el gesto sólo se le hubiera ocurrido cuando realmente necesitaba confiar en ella.

El día antes de marcharse, fueron juntos andando hasta la iglesia de San Cosimo. Era uno de los lugares favoritos de ambos —una pequeña iglesia todavía en buen estado, pese a que había estado mucho tiempo abandonada tanto por el cura como por los feligreses. Se erguía en el borde de una colina y se llegaba a ella por un camino polvoriento que conducía a unas viñas dispersas. Donde estaba la puerta lateral, cerrada con llave, había una abertura en la piedra sobre la que se leía la leyenda PARA LIMOSNAS, cincelada con letras expuestas a la intemperie. Siempre introducían una moneda en la abertura, como una broma compartida que se había convertido en una especie de superstición, sin saber adónde iba a parar. No se oía sonido alguno ni tintineo del metal; la limosna era engullida por el silencio de la iglesia.

Él había leído, para su sorpresa, que en Italia era un delito penal destruir monedas o deshacerse de ellas. Habían tenido problemas varios años antes cuando, en una época de escasez de monedas, se descubrió que los japoneses habían estado exportando monedas italianas para convertirlas en botones. El honor nacional se vio involucrado y hubo amenazas de revocar la ley. Pero a él le gustaba la idea de que su donación clandestina fuese también un delito. Era como si, en tiempos de represión religiosa, hubiese encontrado un escondite con un cura aún escondido dentro.

Aquel día, después de estar unos minutos sentados delante de la iglesia, subieron por el camino que iba en dirección a las viñas. Ocasionalmente veían a gente trabajando en ellas, podando las vides o raspando la tierra que había junto a los retorcidos tallos, pero hoy no había nadie. No obstante, toparon con una carreta, un antiguo vehículo con ruedas de sólido caucho y manchas de color vino tinto sobre su tabla. Ella se sentó en la carreta y luego se tumbó para mirar el cielo.

—¡Ojalá no tuvieras que irte! —exclamó—. Podríamos vivir siempre aquí. Podría ser una de las hijas de los libros de Jane Austen que se queda siempre en casa para cuidar a su padre.

—Me encantaría —repuso él—. Pero luego te cansarías y te irías con algún napolitano romántico.

—Entonces tú podrías casarte con la signora Sabatino —sugirió ella—. Estoy segura de que aceptaría. Y podrías ayudarla con los pollos.

Él se echó a reír, y durante unos instantes se imaginó a sí mismo en el gran *letto matrimoniale* que había vislumbrado en casa de la signora Sabatino, el único objeto de confort tan apreciado en las casas de los campesinos. Pero el recuerdo de su inminente despedida le dio una punzada. Era consciente de que así es como sería de ahora en adelante; ella se había convertido en una adulta y el tiempo que pasara con ella sería de visita, y su vida giraría en torno a otras personas. «Debe de ser más fácil dejar marchar a alguien —dijo para sus adentros— cuando se tiene otra cosa.»

Durante los primeros días después de su partida, a ella le resultó extraño estar sola en la casa, completamente sola. Durmió mal, asustada por los silencios diurnos de la casa y los ruidos que hacía por las noches. A medida que el calor del día se desvanecía el tejado crujía y se movía como intentando encontrar reposo, y al principio eran ruidos parecidos a los de las puertas al abrirse o las ventanas al ser forzadas. Pero se acostumbró a ellos y empezó a dormir con menos intermitencias, acostándose pronto y levantándose tarde.

Estaba emocionada con su libertad. En el colegio su vida había estado regulada, con pocas oportunidades para hacer lo que quisiera. Y había ruido, por todas partes; timbres, pisadas en los pasillos, el zumbido de las radios de los demás, discusiones. Ahora podía tomar sus propias decisiones: podía levantarse cuando quisiera; bajar a la tienda de ultramarinos del pueblo cuando le apeteciese; irse a dar un paseo, quedarse en casa o leer. La libertad era casi tangible, una tela que uno podía tejer a su antojo y que adquiría las formas que fuesen surgiendo.

Al cuarto día viajó a Siena. Había un autobús que iba desde el pueblo y el viaje duraba sólo una hora. Le resultó extraño estar de nuevo en una ciudad, pero conocía bien Siena y siempre se encontraba a gusto allí. Se sentó en un bar, durante más o menos una hora, y bebió varios cafés cargados y se dedicó a observar a la gente que paseaba por la *piazza*. Había niños con banderas de vistosos colores, los colores de la *contrade*, mujeres que hablaban, palomas que aleteaban alrededor de la fuente o que salían disparadas de la torre cuando sonaban las campanas.

Se abrió paso hasta la oficina de la universidad donde se tramitaban las matrículas de los cursos. La hicieron pasar a una sala de espera, donde se sentó en un banco sobre el que había un cuadro de un hombre tocando el laúd, y luego, al cabo de veinte minutos, la llamaron para que entrara en un despacho.

Había un hombre detrás de una mesa, un hombre de tez cetrina, vestido con un traje pulido de líneas elegantes, que era como solían vestir los burócratas italianos en verano. Hizo ademán de levantarse y le señaló una silla que había delante de la mesa.

—¿Estás interesada en alguno de nuestros cursos? —Habló en voz baja y a ella le costó un poco entender la pregunta—. ¿Prefieres que hable en inglés?

—No hace falta.

Le explicó lo que tenían disponible y le dio varios folletos. Uno de los cursos, que duraba tres meses, le pareció ideal: la historia de la música italiana desde el siglo XIV hasta el XIX.

—Sí —afirmó el hombre—, podrías hacer éste. Te gustará.

Después hubo un breve silencio y él la miró fijamente. Su mirada le desconcertó; sus grandes ojos marrones daban la impresión de que buscaban algo. Entonces habló:

—¡Hace tanto calor! —exclamó—. Me gustaría estar en otra parte, en la costa. En cualquier sitio, pero lejos de aquí. ¿Y a ti? ¿Te gustaría también?

Ella no dijo nada, se limitó a rellenar el formulario que él le había pasado. Después se lo devolvió y él suspiró.

—Todo está en orden —comentó—. La escuela de música te escribirá para hacerte saber su decisión. Pero estoy seguro de que dirán que sí; siempre lo hacen.

Esbozó una sonrisa, como para dar a entender que él, un burócrata, comprendía los modos liberales de los académicos. Luego, cuando ella se levantó, se acercó rápidamente a la puerta y la abrió, poniéndose demasiado cerca de ella cuando salió. Ella se fijó en su mano, en el anillo, y en las diminutas patas de gallo que tenía alrededor de los ojos, y se preguntó por qué estos italianos tenían la sensación de que debían tomarse molestias. ¿Qué sentido tenía?

El curso no empezaba hasta el mes siguiente, cosa que le iba bien. Pensó que podía leer —se había comprado algunos libros en Siena— e instruirse en historia de la música antes de que comenzaran las clases. Podía dar largos paseos sin rumbo fijo y aprender cómo cocía el pan la signora Sabatino; y podía escribir cartas. No se aburriría, estaba convencida de ello.

Era bastante notorio que su presencia en la casa había transformado los días de la signora Sabatino. Cada mañana la casera dejaba en su cocina una cesta con frutas y hortalizas, y cada dos o tres días le traía huevos, que las gallinas acababan de poner, de oscuras yemas amarillas que sabían a campiña árida.

Pasaban horas hablando juntas y con el paso de los días Emma constató que a medida que la mujer iba conociéndola mejor, le explicaba más cosas de su vida que, de lo contrario, no hubiese sabido. Le contó la historia del hermano que se había metido a cura y que luego, con gran pena para todos, había caído en el oprobio y lo habían enviado a Etiopía a unas misiones. Estaba la historia de su tío, asesinado en la época del fascismo por ser comunista. La de su breve matrimonio y el repentino, y horrible, accidente que le arrebató a su marido. El relato de una prima lejana que ejercía la prostitución en Roma y a la que había intentado sacar de un burdel en las narices de una madame que le chilló y le amenazó.

Emma cayó en la cuenta, para su asombro, de que a ella nunca le había pasado nada, o prácticamente nada; de que cuando comparaba los incidentes de su propia vida —los que había vivido— con los experimentados por la signora Sabatino no tenía casi nada que contar. Aunque, ahora que había salido del cascarón escolar, su vida estaba a punto de empezar.

Establecieron una rutina agradable. Por las noches ella se acercaba a casa de la signora Sabatino y se sentaba en su cocina mientras la mujer preparaba la cena. Como no había electricidad en la casa, se sentaban alumbradas por la tenue luz de las lámparas de aceite y comían la pasta que había sido hervida en la cocina de leña. Más tarde, cuando habían terminado de cenar, y los cazos y los platos ya estaban lavados, Emma, ayudada de una linterna, volvía a la gran casa y se metía en la cama a leer.

Le escribió a su padre: «¡Todo va tan bien! Los días pasan deprisa y me doy cuenta de que, en realidad, no he hecho gran cosa; pero no importa, ¿verdad? La signora Sabatino me hace la cena por las noches y me está convirtiendo en una buena cocinera. Ya lo verás la próxima vez que vengas. Y dentro de poco empezaré un curso de música en Siena. Me temo que es carísimo, pero no te importa, ¿no? Soy feliz, papá, muy feliz. Pero más tarde o más temprano volveré, no te preocupes...»

Seguía dando paseos hasta la iglesia desierta y cada vez introducía una moneda en el buzón para limosnas. A continuación iba hasta las viñas y luego volvía a casa. Ahora, cuando había gente en las viñas, la reconocían y la saludaban con la mano, y en un par de ocasiones habló con ellos.

Entonces, una mañana, estaba paseando cuando, en un punto del camino justo antes de llegar a la iglesia, vio algo moviéndose en uno de los laterales. Se detuvo, pensando que quizá sería uno de los bueyes que pacían en la ladera de la colina, pero era un hombre, un chico, que estaba sentado en una piedra debajo de un árbol. Había levantado la vista al ver que ella se acercaba y la estaba mirando.

Ella permaneció quieta durante unos instantes, más sorprendida que asustada, pero preguntándose qué hacía él ahí. Había una granja relativamente cerca, un lugar agradable, aunque bastante destartalado, y dio por sentado que vivía allí. Él se puso de pie y empezó a andar en dirección a ella. Cuando aún estaba a cierta distancia alzó una mano para saludarla y le dijo algo que ella al principio no entendió, pero luego sí:

—¿Adónde vas?

Ella lo miró. Ahora lo tenía delante y le sorprendió su extraordinario aspecto. Era alto, pero en absoluto desproporcionado. Su rostro, de piel aceitunada por el sol, tenía una belleza serena y resplandeciente, unos ojos vivos y la frente alta. Era, dijo para sí, como un joven salido de uno de los cuadros del *Cinquecento* que había visto en Siena, el joven preparado para la batalla, de musculatura modelada, a medio camino entre la adolescencia y la adultez.

—Estaba paseando —respondió ella—. Voy allí cada día.

Señaló en dirección a la iglesia y él sonrió.

—Me parece que te he visto alguna vez —comentó él—. Vives ahí abajo, ¿verdad?

Ella asintió.

—Por el momento, sí.

Hubo un silencio y ella notó los latidos de su corazón. Era como si todos sus sentidos estuviesen cargados de una extraña electricidad; y como si no quisiera nada más que la prolongación de este momento de contacto.

—¿Dónde vives? —inquirió ella—. ¿Eres de esa granja?

Él sonrió.

—No exactamente, pero vivo por aquí, sí.

Ella lo miró, sacudida por un súbito y vivificante aturdimiento.

—Mañana tenía pensado hacer un picnic —anunció ella, y añadió, no muy convencida—: Es que es domingo. ¿Te gustaría venir?

Dio la impresión de que él reflexionaba durante unos momentos, y ella tuvo una tremenda decepción imaginándose que él diría que no, pero aceptó la invitación.

—Nos encontraremos aquí mañana —dijo él—. Podríamos hacer el picnic en las viñas. ¿Te parece bien?

—Hasta mañana entonces —repuso ella, y mientras hablaba él se dio la vuelta y regresó a la piedra, y al árbol. Ella siguió andando y cuando volvió no había ni rastro de él. Al aproximarse a casa echó a correr, saltando de pura alegría y excitación. Se sentía embriagada. Se sentó y se dijo: «Cálmate. Esto no es nada especial. No es el primer chico que conoces».

Pero la verdad del asunto era que nunca había conocido a un chico así y que su manifiesta belleza, su gallardía y su extraordinaria presencia habían calado en lo más profundo de su ser y la consumían.

Llamó a su padre, la comunicación telefónica crepitaba y se oía distante, pero no le habló del chico ni del picnic.

—Pareces muy contenta —le dijo él; y ella lo visualizó de pronto en su solitaria casa de la desoladora ciudad de Londres—. ¿Qué pasa? ¿Qué tal va todo por ahí?

No le costó mentir, porque la mentira era estrictamente cierta.

—No pasa nada. Es sólo que hoy he ido hasta la iglesia paseando.

—Espero que hayas metido una moneda por mí.

—Por supuesto.

—Bien.

Hablaron un rato más antes de colgar. Ella apagó las luces del piso de abajo y subió a su habitación, estaba sola en la solitaria casa, pero no tenía miedo.

Preparó la cesta del picnic con esmero. Puso panecillos rellenos, una tarta de frutas, que la signora Sabatino y ella habían hecho ese viernes, y vino, una botella de fresco vino blanco envuelta en una bolsa aislante para conservar el frío. Asimismo se llevó chocolate, fruta y *panforte di Siena*, al que nunca había podido resistirse. Después colocó la cesta en la parte posterior de su bicicleta, sujeta detrás del asiento, y partió hacia su *rendez-vous*.

Cuando llegó él no estaba allí, cosa que no le sorprendió, porque se dio cuenta de que se había adelantado. De modo que apoyó la bicicleta en un árbol y anduvo hasta la arboleda de olivos que crecía en la falda que había justo debajo de la iglesia. Ahí la hierba estaba seca y débil por el calor del verano, pero podrían sentarse a la sombra y tener bastante intimidad.

Ella esperó, mirando ansiosamente su reloj cada cierto tiempo. Ahora se estaba retrasando, y no vendría, estaba convencida de ello. De todas maneras, la idea había sido descabellada, un picnic con un chico al que había visto una sola vez en toda su vida y cuyo nombre ni siquiera sabía: era absurdo. ¡Pues claro que no iría!

Pero fue. De repente ella alzó la vista y lo vio, caminando por la hierba en dirección a ella, y el corazón le brincó dentro del pecho. No se disculpó por haber llegado tarde, sino que se sentó en el suelo, cerca de la cesta del picnic, y le sonrió. Ella alargó el brazo, extrajo el vino de la cesta y sirvió dos vasos de la exquisita y fresca bebida. Le pasó uno de los vasos y él lo miró con curiosidad, como si no estuviera familiarizado con ello, lo que no tenía ningún sentido, no aquí, entre vides.

Se acercó el vaso a los labios y tomó un sorbo, arqueando ligeramente las cejas mientras lo hacía.

Ella observó su cara. Era como lo recordaba del día anterior, tal vez hasta más guapo. Estaba rodeado por una luz, un *chiaroscuro*, y con cada movimiento de sus manos o sus extremidades daba la impresión de que la luz se difundía.

Rellenó los dos vasos. Después le dio un panecillo, que él comió con solemnidad, todavía sin articular palabra, aunque eso no importaba. Le ofreció una pera, que partió hábilmente y comió con evidente placer. Ella tomó un trozo de *panforte*, pero él lo miró con recelo y ella prefirió no insistir.

Luego él se levantó, dejó su vaso y le indicó que también se levantara. Emma se puso de pie, medio aturdida, y él avanzó hacia ella unos cuantos pasos, abrió los brazos y la atrajo hacia sí. Ella no opuso resistencia, sino que le rodeó el cuello con los brazos, tocando su suave piel de niño, y lo abrazó. Sintió el viento entre su pelo, y hubo luz y más luz; se elevó por los aires, pero no veía nada, debió de cegarle la luz.

La dejó en el suelo y ella se tumbó con los ojos cerrados. Pero cuando los abrió él había desaparecido —solamente había estado con ella unos minutos— y las cosas del picnic estaban diseminadas por todas partes, como si un fuerte viento las hubiera desordenado. Los vasos habían volcado y yacían intactos en el suelo; el resto de las cosas estaban esparcidas, vueltas boca arriba en posiciones imposibles.

No le sorprendió que él no estuviera allí; en cierta manera, más sorprendente habría sido que se hubiese quedado. Tampoco se sentía abandonada o infeliz; era demasiado consciente de una extraordinaria sensación de paz y resolución. Recogió los restos del picnic, recuperó los vasos y se dispuso a rellenar la cesta. A continuación fue hasta la bicicleta, echó tan sólo una fugaz mirada hacia atrás e inició el regreso a casa por el camino de tierra blanca.

Entró en casa y dejó la cesta del picnic encima de la gran mesa de la cocina. Después subió al piso de arriba, se despojó de la ropa y se dio una ducha fría. Tenía la piel caliente y dejó que el agua fría penetrara en ella, quitándole el polvo y bajándole la temperatura. Se puso un albornoz y se echó en la cama. No pensó en lo que había pasado, pero sabía, intuitivamente, que le había sido concedido un misterio; recordaba únicamente el viento y la luz que, al parecer, los había rodeado.

Durante los días siguientes no salió de casa. La signora Sabatino se acercaba a comprobar que todo estuviese bien y se iba tranquila. Leyó y se sentó en la pérgola a soñar. Tenía cartas por escribir —cartas empezadas pero no acabadas— y se entretuvo con eso. Pero no las concluyó, incapaz de hablar de lo único que le obsesionaba. ¿Cómo podía describir el encuentro? ¿Cómo?

Finalmente, al cabo de más o menos una semana, fue a casa de la signora Sabatino y le preguntó si podía reunirse con ella para cenar esa noche.

—¡Por supuesto! Cocinaremos juntas algo especial. Tú ven.

Así pues, al anochecer salió de casa y entró en la agradable y antigua cocina de la signora Sabatino, en cuyo hornillo la leña ardía y donde se sentía completamente segura. Se sentaron y charlaron, pero su corazón no estaba en su corriente e inconexa conversación, por lo que, en cierto modo, para ella fue un alivio poder decir:

—Me fui de picnic. Había un chico conmigo, un chico al que yo había invitado.

La signora Sabatino levantó los ojos de la mesa sobre la que hacía un pastel.

—¿Quién era?

—No lo sé.

—¿No lo sabes?

—No. —Y entonces añadió—: Pasó algo, no sé exactamente qué. Yo...

La signora Sabatino la miró y lo supo de inmediato.

—¿Dónde fue? —inquirió—. ¿Cómo lo conociste?

Ella se lo explicó y luego, cuando hubo acabado el relato, esperó unas palabras de advertencia o condena de la mujer. Pero no las hubo, sólo, muy seriamente, dijo lo siguiente:

—Verás, en esos sitios hay ángeles. Siempre los ha habido. Mi madre los veía a veces, y mis tíos también. Eres muy afortunada. Este chico con el que te has encontrado era un ángel, ¿me entiendes? ¿Te das cuenta de lo que te digo? ¡Un ángel!

Curiosamente, la revelación no le sorprendió, sobre todo porque era más o menos lo que se había imaginado. La signora Sabatino tenía razón, ¡claro que había ángeles en Italia! Siempre los había habido. Había cuadros que lo demostraban —toda una iconografía de ángeles en la clásica campiña toscana—; estaban los ángeles de Botticelli, de Fra Angelico. Aparecían pintados en el cielo, con enormes alas tan blancas como el calor de mediodía, con alas de plumas; aparecían en forma de coro, sobre un fondo de nubes tormentosas, activos mensajeros; los luminosos escuadrones. No tenía nada de malo toparse con un ángel, la propia signora Sabatino daba la impresión de que lo había entendido. Puede que en otros lugares no fuera habitual, pero aquí no parecía que fuese nada extraordinario.

Entonces, al cabo de poco tiempo, supo que estaba embarazada. No se encontraba mal —más bien al contrario— y fue su asombrosa sensación de bienestar, de ligereza, lo que le hizo sospechar. Poco después la naturaleza se ocupó de confirmarlo y cogió el autobús hasta Siena para comprarse, en una farmacia que había cerca de la catedral, un test de embarazo. La farmacéutica que se lo vendió la miró compasivamente, titubeó y luego le preguntó en voz baja:

—¿Necesitas que alguien te ayude? Hay monjas, ¿lo sabes? Ellas se ocuparían... —Hizo una pausa; un hombre había entrado en la tienda y estaba examinando un cepillo de dientes.

—Gracias, pero estoy muy bien.

—Sólo era una pregunta, no era mi intención ofenderte.

—Gracias. Lo sé.

Como indicaban las instrucciones que debía ocurrir, el color varió, y ella se sentó en el borde de la bañera y desde el ventanuco contempló el valle y las colinas que había más allá. Estaba indiferente, como si la información fuera sobre otra persona. Aunque, en cierta manera, no tenía absolutamente nada que ver con ella; le había pasado, pero del mismo modo que alguien puede ser alcanzado por un rayo, o puede tocarle la lotería o la desgracia de una enfermedad. Ella no había hecho nada —nada— y ahora estaba en estado.

En otras circunstancias a estas alturas ya habría hecho frente, fría y racionalmente, a las opciones que tenía. Habría ido al médico —¡claro que sí!— y habría hecho lo que todo el mundo hacía hoy en día. Estaba en su derecho, ¿no? Es más, era lo correcto. Tenía toda la vida por delante —su curso en la universidad, todo— y no había espacio para un bebé, al menos no todavía. Los accidentes tenían solución, una solución clínica y discreta.

Pero no era ése el caso. No había habido ningún error, no se arrepentía de esos atropellados momentos de intimidad. Había sido escogida, elegida; aquello era una anunciación. Continuaría con el embarazo y tendría al bebé, aquí, en Italia. ¿Y luego? Se quedaría con él. No se desharía de un regalo como ése, un bebé ángel.

La signora Sabatino tenía que saberlo, y no fue difícil decírselo. La anciana se quedó unos instantes sentada en silencio, y después se levantó y la abrazó, llorando, acariciándole el pelo, susurrándole palabras que ella no entendió. Entonces dijo:

—Yo cuidaré de ti. Me trasladaré a la casa grande. Será lo mejor.

Ella no discutió.

—Me aseguraré de que todo esté listo para la llegada del bebé. Hablaré con la comadrona; hay una cerca de aquí que podrá ocuparse de todo. Le diré que se instale aquí varios días antes del parto.

Se sintió absorbida por el plan, dominada por una camaradería femenina de mujeres y partos. Esto no tenía nada que ver con los hombres; era un asunto únicamente de mujeres. Y esta certeza resultaba reconfortante. Estas mujeres no le harían preguntas; sólo se preocuparían por ella y por el bebé.

—No le diga a nadie quién es el padre —se encontró a sí misma diciendo—. Dejemos que crean que ha sido un chico cualquiera.

La signora Sabatino asintió, acercándose un dedo a los labios en un gesto de silencio.

—No está bien hablar de los ángeles —comentó la mujer—. Son tímidos y se asustarían si habláramos de ellos. Pero lo más probable es que el padre venga a ver a su hijo; sabrá que ha nacido.

A la semana siguiente retomó sus paseos hasta la iglesia y las viñas. No estaba ansiosa, pues no esperaba verlo. Se detuvo en la iglesia, introdujo la moneda en su agujero y luego volvió sobre sus pasos colina abajo. Vio el lugar donde se habían sentado a hacer el picnic, pero no se acercó; tampoco se paró delante de la granja donde al principio se había figurado que él vivía.

Por las tardes se tumbaba en su habitación, que estaba fresca, y leía. Sólo más tarde, cuando el sol estaba casi detrás de las colinas, bajaba al piso de abajo y hablaba con la signora Sabatino o se sentaba fuera y escuchaba el chirrido de las cigarras. Ahora notaba al niño; sentía dentro su revoloteo y la sensación le producía emoción. Dejó que la signora Sabatino le pusiera una mano en la barriga, y cuando notó los movimientos la mujer, no dudó en persignarse.

Los meses pasaron tranquilamente. En octubre empezó a sentirse lenta y pesada, y aceptó los cambios que dispuso la signora Sabatino. Ante la insistencia de la propia signora Sabatino había ido a ver a un médico, que la examinó minuciosamente, estimulando al bebé, que respondió dando patadas que a ella le hicieron sonreír. Le dijeron que todo estaba en orden, pero que era conveniente que se hiciera algunas pruebas. Las deformidades podían detectarse fácilmente. Ella escuchó con pasividad; le hicieran las pruebas que le hicieran nunca sabrían, pese a su sofisticación científica, cómo había sido concebida esa criatura.

La signora Sabatino la acompañó al hospital de Siena. Se sentaron en silencio en un banco antes de que la hicieran pasar a una estéril habitación blanca, donde le pusieron una bata suelta y la tumbaron sobre una tabla. Trajeron carros con instrumentos y le explicaron cosas, pero ella no prestó mucha atención. Y luego, de repente, le enseñaron al niño en una pantalla, un pequeño y confuso círculo que latía delante de sus ojos.

El médico escudriñó la pantalla y abandonó la habitación. Volvió con varios doctores más que miraron detenidamente la imagen y hablaron entre ellos en voz baja. Después le hicieron otras pruebas. La colocaron frente a una pantalla de rayos X, y le dijeron que se pusiera así o asá mientras los médicos aguzaban la vista y señalaban.

Cuando todo terminó, y con la signora Sabatino a su lado, le dieron las noticias. Lo hicieron con suavidad y uno de los médicos le acarició el brazo mientras hablaba.

—Lo sentimos muchísimo —comentó—. Sabemos que será una

gran decepción para ti, pero creemos que el bebé tiene una deformación.

Ella no dijo nada, pero la signora Sabatino intervino enfadada.

—Tiene algo en la espalda —prosiguió uno de ellos—. No sabemos qué es exactamente, pero tiene una especie de abultamiento. Estas cosas pasan. Y creemos que debería plantearse seriamente si quiere continuar con el embarazo hasta el final, aunque sea bastante tarde.

La miraron expectantes. Ella lanzó una mirada a la signora Sabatino, que tenía los ojos entornados. Entonces la anciana se inclinó para decirle algo.

—No tiene por qué extrañarte —le susurró—. Es un ángel, ¿recuerdas? Tiene alas. Pero no se lo digas. No lo entenderían. Vayámonos.

Ella asintió mostrando conformidad.

—Gracias —dijo, dirigiéndose a los médicos—. Pensaré en lo que me han dicho.

Se puso de pie y uno de los médicos se apresuró a cogerla por el brazo.

—No deberías irte aún —advirtió—. Deberías quedarte y luego, mañana, cuando ya lo tengas pensado podríamos... podríamos arreglarlo todo.

Ella lo miró fijamente. La bata hacía que se sintiera ridícula, vulnerable, era difícil oponerse. Pero sabía que no podía dejarse llevar.

—No —repuso—, me voy a casa, ahora. Gracias.

Le escribió a su padre: «Esto es algo que me cuesta mucho decirte. Lo único que te pido es que no intentes hacer nada al respecto. Si lo haces, lo sentiré mucho, pero tendré que irme a otro sitio. Y lo digo en serio. Dentro de tres meses tendré un bebé. No quiero decirte cómo sucedió todo ni quién es el padre. Y te pido que nunca me lo preguntes. Si me quieres, aceptarás lo que digo y no mencionarás el asunto. No quiero hablar contigo para que me digas lo que tengo que hacer; no quiero que intentes interferir para nada en lo que ya he decidido. Es más, no me llames. Si quieres verme, entonces ven, pero no intentes hacer nada. De todas formas, nada de lo que hagas servirá».

Calculó que tardaría cuatro días en recibir la carta y que aparecería al quinto. De hecho, vino al sexto día, llegó del aeropuerto de Pisa en un coche alquilado, veteado de polvo por el viaje. Desde su ventana lo vio aparcando fuera y llevando su maleta hasta las escaleras de la puerta principal. Oyó voces en el piso de abajo, y gritos, estaba hablando con la signora Sabatino.

Luego subió a su cuarto, llamando rutinariamente a la puerta antes de girar el pomo y entrar. Entonces se detuvo, y ella vio que estaba llorando, y que las lágrimas habían resbalado por su rostro y le habían dejado manchas oscuras en la camisa. Ella se enterneció y cruzó la habitación para abrazarlo.

—Mi amor —sollozó él—. Mi preciosa niña.

—Estoy bien, papá. Estoy bien, de verdad.

—¿Qué ha pasado? ¿Qué te ha pasado? ¿Cómo ha podido...?

Ella le puso una mano sobre la cara, sobre su húmeda mejilla.

—No ha pasado nada malo. Estoy embarazada, eso es todo. Hoy en día tampoco es una tragedia.

Él apartó la vista.

—Debiste decírmelo antes... mucho antes.

—¿Para poder abortar?

Él seguía sin mirarla.

—Si hubiera sido necesario, sí.

Ella lo miró con atención.

—Voy a tener este bebé. ¿Lo entiendes? Voy a tenerlo.

Él se volvió y se secó los ojos con un arrugado pañuelo blanco.

—Creo que me debes algún tipo de explicación —le dijo, esforzándose para controlar su voz—. ¡No puedes salirme con esto y no decirme nada al respecto!

—¿Qué es lo que quieres saber?

—Pues quién es el padre, naturalmente. ¿Quién es? ¿Dónde está?

—No tiene importancia —contestó ella—. Se ha ido. Ya no está aquí.

—Pero ¿cómo se llama? ¡Al menos dime cómo se llama, por Dios! —Gritaba, su voz estaba llena de aflicción, rota por el dolor.

Ella lo miró con tristeza y él, lentamente, se dio cuenta de la cruda realidad. Ahora habló en voz baja, casi inaudible:

—No lo sabes... No lo sabes, ¿verdad?

Ella no contestó, pero avanzó hacia él, que parecía que iba a desplomarse delante de ella. De manera instintiva, él retrocedió, horrorizado, y ella se quedó completamente inmóvil, asustada por lo que le había hecho a su padre, por su dolor.

Se quedó tres días. A la mañana siguiente, una vez que él hubo aceptado las condiciones que ella había estipulado en la carta, hablaron.

—No volveré a preguntarte nada —le aseguró él—. Pero a cambio quiero que me prometas que nunca, nunca, dudarás en recurrir a mí si quieres volver a hablar del tema. Haría cualquier cosa por ti, cariño, cualquier cosa. Lo sabes, ¿verdad?

Ella corrió hasta él y lo rodeó con los brazos.

—Te lo prometo —susurró—. Te lo prometo.

—He hablado con la signora Sabatino —le dijo, hablando despacio, como si le costara pronunciar las palabras— y me ha dicho una cosa que me ha tranquilizado. Me ha dicho que no te... que no te violaron. Eso es todo lo que realmente quería oír. Lo demás me da igual. Eso sí que, como padre, no podría resistirlo. ¿Lo entiendes?

—Sí.

—Bueno, pues ahora hablemos de cómo puedo ayudarte. ¿Estás segura de que quieres quedarte aquí? ¿No preferirías venir a casa?

—Quiero quedarme —respondió ella—. Soy muy feliz aquí.

—Muy bien. ¿Y qué me dices de una enfermera? ¿Me dejas que haga venir a una, digamos, unos cuantos días antes de que nazca el bebé?

Ella sacudió la cabeza.

—La signora Sabatino cuidará de mí. Es magnífica.

Él pareció titubeante.

—Pero se está haciendo un poco mayor...

—Es estupenda.

Durante unos instantes reinó el silencio.

—¿Adónde irás? ¿Tendrás al bebé en Siena?

—Tal vez —contestó ella—. Esperaré a ver qué me dice el médico. Al parecer, hay una comadrona que podría venir aquí; yo lo preferiría.

—Pero tú haz caso de lo que te diga el médico, ¿de acuerdo? —Estaba ansioso y ella le dio unas palmadas en la espalda para tranquilizarlo.

—Por supuesto, papá. No soy estúpida.

Después se relajaron. Ella consideró que ahora él había aceptado la situación y hablaron de otros asuntos. Él le prometió volver tan pronto como pudiese, en cuanto sus negocios se lo permitieran, y ella prometió llamarle por teléfono todas las semanas. Se despidieron con cariño y ella se quedó de pie en el camino de la casa, observando cómo su coche se alejaba carretera abajo en dirección a la ciudad hasta que ya no fue visible, y volvió a ser una adulta.

Durante las últimas semanas su pereza y su pasividad aumentaron. Había tenido un embarazo agradable, con pocas molestias, y le costaba imaginarse que esta sensación de plenitud se transformara de repente en dolor. Y cuando llegó el primer aviso, y sintió las contracciones, incluso entonces la congoja le parecía relativamente remota. Llamó a la signora Sabatino, que de inmediato corrió al teléfono para avisar a la comadrona. Después volvió y la acompañó a la cama, cogiéndola de la mano mientras ella se echaba.

La comadrona llegó y se ocupó de los preparativos. Era una mujer corpulenta, que iba arremangada mostrando unos brazos anchos y masculinos. Se frotó las manos y los brazos con un líquido de olor acre y le tomó el pulso a Emma ayudada de un reloj que extrajo de su bolsillo. A continuación pidió que hirvieran toallas y se sentó en una silla junto a la cama.

—No es la primera vez que ayudo a venir al mundo a un niño en esta casa —anunció—. Fue hace mucho tiempo; el bebé fue enorme.

Ella cerró los ojos. El dolor regresaba, el fuego que azotaba su cuerpo; pero no tenía miedo. La luz había vuelto; podía sentirla, y la rodeaba por completo. Se intensificó el desgarro de la carne, la agonía. La luz.

Entonces el fuego se convirtió en un gran rugido y la luz brilló tanto que era casi insoportable, y oyó el llanto. La comadrona estaba de nuevo a su lado y la signora Sabatino detrás de ella. Vio un bulto blanco y de nuevo oyó el llanto, y vio que la signora Sabatino se inclinaba hacia delante, cogía el bulto que sujetaba la comadrona y se lo pasaba a ella, colocándoselo sobre los brazos.

—Es un niño —constató la signora Sabatino—. ¡Tu pequeño! *Eccolo!*

Ella sostuvo al niño en brazos y vio su arrugada cara, y sus ojos, ahora abiertos, que intentaba acomodar. Lloró, y la comadrona le pasó un pañuelo por la mejilla.

—¡Bien hecho! —exclamó la mujer—. ¡Qué chica tan valiente! ¡Qué valiente!

Después la comadrona alargó el brazo, abrió el envoltorio de toallas y dejó al descubierto el cuerpo del bebé, su piel con diminutos pliegues, tan roja. Emma notó las pequeñas extremidades, que se movían al tocarlas, y desplazó la mano hasta su espalda. Había dos ligeras protuberancias, suaves al tacto, pero húmedas, como si la piel húmeda se hubiese doblado sobre sí misma. Levantó la vista y miró a la signora Sabatino, que estaba de pie entre la comadrona y ella.

—Sí —susurró la anciana—. Tiene alas. Tiene alas de ángel.

Lo vistió de color dorado, con la túnica que la signora Sabatino había hecho para él; tenía la sensación de que el padre no tardaría en venir y debía ir bien vestido. El niño, que durante los tres primeros días había dormido tan tranquilo, despertándose únicamente para mamar, yacía ahora en su moisés rodeado por las dos mujeres, una acostada en la cama y la otra sentada en una silla, cosiendo.

Vino por la noche. De pronto hubo luz fuera y se oyó el sonido del viento. La signora Sabatino se levantó sin decir palabra para abrir la puerta y él entró en la habitación. También iba vestido con una túnica dorada y llevaba un cinturón azul claro alrededor del talle. Ella se volvió para mirarlo y le sonrió, y él se acercó a ella y le puso una mano sobre la mejilla. Luego, en silencio, caminó hasta el moisés y cogió al niño en brazos. Entonces la signora Sabatino se arrodilló y alargó la mano para tocar el bajo de su túnica cuando él pasara por delante.

Aparecieron otros dos ángeles, mujeres, vestidas de plateado. Él le dio el bebé a una de ellas y después se volvió a la madre:

—Algún día volverás a verlo —le aseguró—. No estará lejos.

Emma asintió.

—Lo sé.

—¿No estás triste?

—No, no lo estoy.

Hizo una indicación a los dos ángeles vestidos de plateado y luego él mismo avanzó hacia la puerta. Durante unos instantes dudó, como si deseara decir algo más, pero salió del cuarto. Hubo luz durante un rato más, tanto en la habitación como fuera, pero pronto se desvaneció y la noche regresó.